KB142366

MoonLight Girl

# 달빛소녀와
# 치유의 숲

# 달빛소녀와 치유의 숲

청소년 판타지소설 십대들의 힐링캠프, 역사(치유)

[십대들의 힐링캠프®] 시리즈 NO.57

지은이 | 박기복
발행인 | 김경아

2023년 1월 15일 1판 1쇄 인쇄
2023년 1월 22일 1판 1쇄 발행

**이 책을 만든 사람들**
책임 기획 | 김경아
기획 | 김효정
북 디자인 | KHJ북디자인
표지 삽화 | 정지란
교정 교열 | 주경숙
경영 지원 | 홍종남

**이 책을 함께 만든 사람들**
종이 | 제이피씨 정동수 · 정충엽
제작 및 인쇄 | 천일문화사 유재상

**청소년 기획위원**
정가인, 양태훈, 양재욱

펴낸곳 | 행복한나무
출판등록 | 2007년 3월 7일. 제 2007-5호
주소 | 경기도 남양주시 도농로 34, 301동 301호(다산동, 플루리움)
전화 | 02) 322-3856 팩스 | 02) 322-3857
홈페이지 | www.ihappytree.com | bit.ly/happytree2007
도서 문의(출판사 e-mail) | e21chope@daum.net
내용 문의(지은이 e-mail) | yesreading@gmail.com
※ 이 책을 읽다가 궁금한 점이 있을 때는 지은이 e-mail을 이용해 주세요.

ⓒ 박기복, 2023
ISBN 979-11-88758-58-6
"행복한나무" 도서번호 : 159

# 달빛소녀와
## MoonLight Girl
## 치유의 숲

| 박기복 지음 |

# 여신상 앞에서

십 년 전 겨울, 중국 내몽고 자치구 적봉 일대를 여행하던 무렵이었다. 다양한 유적지를 구경한 뒤에 붉은 산에 올랐다. 산 정상에 거의 다다랐을 때 어린아이 둘을 데리고 정상에서 내려오는 여성과 마주쳤다. 옷차림이 독특했는데, 마치 시베리아나 몽골 초원에서 만났던 샤먼 같았다. 옷차림도 옷차림이지만 초등학생도 되지 않은 듯한 어린아이 둘을 데리고 있어서 더 눈길을 끌었다. 날씨가 따뜻해서 겨울 같지 않기는 해도 겨울은 겨울인데, 내몽고에 있는 이 험한 산에 아이들을 데려오는 여자가 범상치 않았다.

남자아이와 여자아이는 얼굴은 닮았지만 느낌은 전혀 달랐다. 여자아이는 긴 머리에 활기가 넘쳤고, 남자아이는 무덤덤하면서 강인한 기운을 뻗쳤다. 저 엄마는 어린 남매를 데리고 이 험한 산에 왜 올랐을까? 호기심이 그냥 지나치지 못하게 했다. 외모만 봐서는 국적을 가늠하기 어려워서 가볍게 중국어로 인사를 건넸다. 여자는 나를 쳐다보지도 않고 내려가 버렸다. 따라가서 궁금증을 풀고 싶었지만 산 위에서 해야 할 일 때문에 그러지 못했다.

그다음 날, 거대 여신상을 구경하다가 다시 그들을 만났다. 사람보다 세 배쯤 큰 머리에, 옥을 가공한 구슬로 눈을 만든 여신상을 보며 감탄하고 있는데 그들이 나타났다. 옷차림이 전날과 똑같았다. 여성이 입은 옷차림만 아니라면 여느 관람객과 다름없는 평범한 가족처럼 보였다. 산에서 만났을 때 느꼈던 낯선 이질감은 사라지고 없었다. 그

평범함에 실망해 호기심이 급격히 꺾였다. 다른 전시실로 발걸음을 옮기려고 할 때였다.

"으으으읍!"

여자아이가 신음을 흘렸다. 아파서 내는 소리가 아니었다. 어린애가 투정 부릴 때 내는 소리는 더더욱 아니었다. 뒷골이 섬뜩해지는 신음이었다. 여자아이에게 저절로 눈이 갔다. 그때, 하얗게 물든 눈동자를 보고 말았다. 하얀빛이 점점 진해지더니 여신상을 향해 빛이 뻗어 나갔다. 여신상에 닿은 빛은 두 눈에 박힌 구슬에 반사되더니 다시 여자아이에게로 돌아갔다. 빛이 다시 돌아오자 긴 머리카락이 꿈틀거렸다. 온갖 방향으로 움직이는 머리카락은 한 올 한 올이 모두 생명을 지닌 듯했다. 주고받는 빛이 점점 강해지더니 옥구슬에서 찬란한 광채가 일어난다 싶은 순간, 두부가 칼에 잘리듯 갑자기 빛이 사라졌다.

꿈틀대던 머리카락이 중력에 이끌려 아래로 내려가자 여자아이가 바닥으로 쓰러지려고 했다. 옆에 있던 엄마가 아이를 재빨리 안았다. 그때까지 남자아이는 표정 하나 변하지 않고 파수꾼처럼 여자아이를 지켰다.

"가자."

엄마가 말했다.

엄마는 딸을 안아 들었고, 남자아이는 나를 흘깃 보더니 엄마 뒤를 따랐다. 그들을 그냥 보낼 수 없었다. 나는 그들 앞을 가로막았다.

"잠시 말씀 좀 나눠도 될까요?"

나는 한국말로 말을 걸었다.

"무슨 일이시죠?"

여자가 무미건조한 말투로 물었다. 마치 다른 차원에서 건너온 존재처럼 생경했다.

"저는 여행을 다니는 김현이라고 합니다. 어제 산에서도 뵀고, 오늘도 다시 만나서 무척 반가웠습니다. 인연이라면 인연인데 잠깐 얘기 좀 나눌 수 있을까요?"

"저는 댁한테 볼일이 없습니다."

여자는 다시 걸음을 옮겼다. 나는 뛰어가서 앞을 막았다.

"잠깐만요."

"더 무례하게 굴면 공안을 부르겠어요."

여자가 옆으로 눈길을 돌렸다. 자칫하면 호기심을 해결하기는커녕 봉변을 당할 듯했다. 얼른 용건을 말해야 했다.

"여신에 관한 얘기를 나누고 싶습니다."

여자가 표정을 바꿨다.

그때까지 묵묵히 옆을 지키던 남자아이가 경계 태세를 취했다.

"당신은 누구죠?"

"여행 다니는 사람입니다. 저 여신에 얽힌 전설에 관심이 많습니다."

"전설이 아니에요."

"압니다. 역사죠. 신화이기도 하고."

여자가 주위를 살폈다.

"여기는 대화를 나누기에 적절한 장소가 아니네요. 다른 곳으로 가
시죠."

여자가 나를 이끌었고, 우리는 호텔로 가서 깊은 대화를 나누었다.
그것이 단우네 가족과 이어진 첫 인연이었다.


*　　*　　*


아저씨 얘기를 다 듣고 난 뒤에, 나도 단우와 단아를 처음 만났을
때 이야기를 해드렸다.

"하여튼 참 신통방통한 녀석들이라니까."

내 얘기가 끝나자 김현 아저씨가 껄껄껄 웃었다.

"둘 다 참 대단해요. 저같이 못난 사람이랑은 결이 다른……."

나를 괴롭히는 씁쓸한 자학이 다시 꿈틀댔다. 그에 맞춰 내 안에 똬
리를 튼 안개가 스멀스멀 흔들렸다.

# 차례

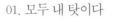

# 등장인물 소개

심유리

미술을 전공하며 예술고등학교에 다니는 열일곱 살 여학생. 불행한 가족사와 예술고등학교 입시에서 벌어진 일로 자기연민에 빠져 인정을 갈구한다. 순탄하게 풀리던 친구 관계가 어그러지면서 불길한 길로 들어선다.

나단우

심유리와 같은 예술고등학교에 다니는, 유리가 좋아하는 남학생. 초등학교 3학년 때 괴롭힘을 당하는 심유리를 구해주고 사라졌다가 예술고등학교에서 다시 만난다. 조소 전공인데 온종일 이상한 칼을 만든다.

나단아

나단우와 쌍둥이 남매인 예술고등학교 여학생. 영혼을 자유자재로 다루며, 사람들의 과거와 내면을 속속들이 들여다보는 신비한 능력을 지녔다.

「누」

태고부터 인간 세상에 깃들어 있는 영적인 존재. 유리에게 미래를 알려주고, 유리가 원하는 것들을 이루어준다.

김지수     기숙사에서 심유리와 같은 방을 쓰는 친구. 외로운 유리에게 큰 힘이 되지만, 관계가 틀어지면서 심유리를 불행하게 만드는 계기를 제공한다.

이세화     뛰어난 재능으로 심유리의 질투를 받는 여학생. 유리와 다투다 끔찍한 저주에 걸린다.

생강이     단우와 단아가 키우는 강아지. 몸집은 작지만 사자 같은 용맹함으로 악귀들을 물리친다.

고은별     신성한 힘을 깨우는 「달빛의 눈」을 지닌 소녀.

황련     현세에 다시 깨어난 고대의 신. 진짜 정체는 비밀에 싸여 있다.

김현과 권민지     외삼촌과 조카 사이. 사냥꾼 집단에 맞서 싸운다.

# 모두 내 탓야

01

"학교 앞 읍내에 성범죄자 열 명이 살고 있다고 해."

첫 번째 주의사항이 살벌했다. 듣자마자 등골이 으스스했다. 심장이 빠르게 뛰고 숨이 가빠졌다. 솜털마저 파르르 떨렸다. 선생님이 종이를 나눠줬는데, 성범죄자 얼굴이 찍혀 있었다. 나도 모르게 얼굴을 꼼꼼히 살폈다. 열 명 모두 평범했다. 범죄자와는 어울리지 않는 생김새였다. 심지어 어떤 사진은 순박해 보였다. 좋은 사람이라고 착각하기 딱 좋았다. 사진 아래에 적힌 범행기록이 거짓말 같았다. 얼굴과 범죄가 이어지지 않아서 더 무서웠다. 얼굴을 꼼꼼히 기억했다. 위험을 피하려면 그 수밖에 없을 것 같았다.

"크게 걱정할 필요는 없어. 다들 전자발찌를 차고 있고, 경찰이 수

시로 확인도 하니까. 위험한 징조가 나타나면 경찰이 다시 잡아들일 거야. 그동안 사고도 없었고. 그래도 혹시 몰라서 주의하라고 하는 거니까 읍내에 나갈 때는 웬만하면 혼자 다니지 마."

말이 앞뒤가 안 맞았다. 혼자 다니지 말라는 것은 경고다. 그만큼 위험하다는 뜻이다. 위험하면 괜찮지 않다. 괜찮으면 위험하지 않다. 괜찮으면서 위험할 수는 없다. 그러니 '괜찮다'와 '위험하다'라는 경고는 모순이다.

"두 번째 주의사항!"

선생님 목소리에서 찬 바람이 불었다.

"읍내 쪽으로 가다가 산으로 올라가면 군부대가 있어. 꽤나 큰 군부대인데 학교 뒷산으로 난 산책로를 따라가다가 잘못하면 그쪽으로 가기도 해. 일반 군부대가 아니라 유사시에 쓰는 군수품을 보관하는 부대라 경비가 엄해. 특히 어두울 때 잘못 접근하면 아주 위험해."

위험하다는 말에서 살기가 느껴졌다. '군부대'에 '위험'이라는 낱말이 더해지자 총이 떠올랐다. 잘못 접근하면 총을 맞는다는 경고인가 싶었다.

"15년쯤 전에 일어난 사건이긴 한데, 한 등산객이 군부대 쪽으로 잘못 갔다가 옛날에 묻은 지뢰를 밟아서 발목이 나갔대. 물론 그 뒤에 지뢰 제거 작업을 했지만, 모두 제거했다고 장담하지는 못해. 그러니까 군부대 쪽으로는 아예 갈 생각을 마."

예상치도 못한 주의사항이었다. 발목이 잘린 내 다리를 상상했다.

공포에 소름이 돋았다.

"지도를 나눠줄 테니 잘들 봐두고. 혹시 산에 올라가더라도 지도에 표시된 길로는 절대 가지 마."

나는 단단히 결심했다. 절대 학교 뒷산으로는 가지 않겠다고.

"꼭 지켜야 할 주의사항, 세 번째는……."

성범죄자와 지뢰가 끝이 아니었다.

"미술동 뒤에 있는 오래된 건물로는 웬만하면 가지 마. 일제강점기 때 세운 건물인데 학교를 건축할 때 허물려다가 역사가 숨 쉬는 건물이라 일부러 남겨두었어. 미술 선생님 중에 그 낡은 건물이 풍기는 색감과 공간을 좋아해서 종종 수업하는 분들이 있거든. 수업할 때는 가도 되지만 그 외에는 가지 않는 게 좋아. 특히 밤에는."

주의사항으로는 어울리지 않았다.

"수업하는 곳인데 왜 가지 말라는 거죠?"

역시 질문이 나왔다.

"나는 믿지 않지만 그곳에서 귀신을 봤다는 선배들이 몇 명 있어."

황당한 답변이었다.

"선생님은 귀신을 안 믿어. 귀신을 봤다는 학생들도 실제로 해코지를 당한 적은 없었고. 내가 보기엔 낡은 건물이 주는 기묘한 분위기가 만든 착각이야. 그래도 괜히 갔다가 놀라서 충격받거나 학교에 문제가 될 만한 일이 생기면 안 되니까 되도록 가지 마."

또다시 모순이었다. 귀신이 안 나온다면 금지할 까닭이 없다. 위험이 없으면 금지도 없다. 무엇보다 해코지랑 상관없이 귀신은 그 자체로 무섭다. 착각이라도 무섭고, 상상이 강해지면 진짜와 다름없다. 게다가 귀신이 아니어도 낡은 건물은 싫다. 그래서 나는 귀신이 보이는 건물에는 절대 가지 않겠다고 굳게 다짐했다.

뒤이어 알려주는 규칙은 까다롭지 않았다. 예술고등학교답게 자유로움이 묻어나는 규칙이었다. 그런데도 마음은 무거웠다. 세 가지 주의사항은 그만큼 강렬했다. 쉬는 시간에 다들 그 이야기밖에 안 했다. 창문으로 비치는 풍경이 점점 음산해졌다.

처음 이곳에 왔을 때는 풍경에 반했다. 학교를 휘감은 낮은 산은 포근했고, 뒤로 겹겹이 높아지는 산세는 감탄을 자아냈으며, 산 중턱에서 내려다보이는 읍내는 아늑했다. 독특한 외모를 뽐내는 건물은 매력이 넘쳤으며, 아침 해를 마주 보는 유리창은 온기가 가득했고, 고풍스러운 옛 건물은 상상력을 자극했다. 그렇게나 좋던 첫인상은 주의사항 때문에 거품처럼 사그라졌다. 모든 곳에 위험이 도사린 듯했다. 칼을 숨긴 악당이 나를 노리는 것만 같았다. 상상할수록 숨이 턱 막혔다.

"선배님, 여기 정말 귀신이 나와요?"

선배와 나누는 대화 시간에 나온 첫 질문이었다. 선생님, 수행, 과제, 미술, 디자인과 관련한 질문은 뒤로 밀렸다.

"정말 옛 건물에서 귀신이 나와요?"

"아니."

다행이다.

"다른 데서도 귀신 본 애들이 많아."

더 황당한 답변이었다.

"쌤들은 저 오래된 건물에서만 나온다고 말하지만 사실은 그렇지 않아. 내 방 친구는 화장실에서 씻다가 귀신을 만나기도 했어."

또다시 오싹한 한기가 올라왔다.

"친구가 화장실에서 머리를 감는데 뒤에서 문 열리는 소리가 나더니 내 목소리가 들리더래. 머리를 감으면서 이야기를 나눴는데, 내가 젖은 머리카락을 툭툭 치며 장난까지 쳤다고 해. 머리를 다 감고 수건을 머리에 두른 채 고개를 드니까 내가 안 보이더라는 거야. 친구가 나왔을 때 나는 방에서 헤드폰을 쓴 채 그림을 그리고 있었어. 친구가 나한테 오더니 언제 나왔냐고 묻더라. 나는 계속 여기 있었다고 했지. 화장실에 안 갔거든. 그때 친구 얼굴을 봤어야 해. 새파랗게 질려서는……."

"정말 안 갔어요? 장난친 거 아니고요?"

"나는 그림을 그리고 있었다니까."

믿기지 않는 이야기였지만 거짓말 같지도 않았다.

"나도 귀신을 봤어."

이번에는 자기 목격담이었다.

"우리 학교 기숙사 뒤쪽 풍경이 좋잖아. 느긋하게 창문 앞에 서서 바깥 풍경을 구경하는데 사람이 지나가는 거야. 처음엔 착각인 줄 알

앉아. 내 방은 3층이거든. 3층 창문 바로 앞으로 사람이 걸어서 지나 갈 수는 없잖아? 착각인 줄 알고 눈을 비볐는데 여전히 보였어. 내가 좀 겁이 없어서 창문을 확 열었지. 확인하고 싶었거든. 그런데 문을 열었더니……."

손에 땀이 찼다.

"내 쪽으로 고개를 휙 돌리는 거야. 눈이 딱 마주쳤는데……."

숨을 꾹 참았다.

"눈에서 피눈물이 뚝뚝 떨어지더라고. 나 그때 심장 멎는 줄 알았잖아. 얼마나 무섭던지 재빨리 문을 닫고 커튼을 쳤지. 그 뒤로도 한동안 커튼을 치고 살았어."

"에이, 지어낸 얘기죠?"

"아니야! 창문 밖으로 귀신 봤다는 애들 꽤 많아. 선배 중에도 많고. 정 의심스러우면 다른 선배들한테 물어봐."

무서운 경고가 이어졌다.

"밤에 괜히 기숙사 뒤쪽 창문을 내다보지 마. 겁 많은 사람은 기절하거나 심장이 멎을지도 모르니까."

선배들은 무서운 얘기를 쏟아냈다. 동기들은 믿지 않으려 했다. 겁주려고 꾸며낸 이야기로 여겼다. 그러나 나는 거짓말로 들리지 않았다.


기숙사 방을 배정받았다. 2인 1실이라 방 친구가 누구일지 걱정이 컸다.

"반가워."

목소리가 밝고 당당했다.

"나는 지수야, 김지수."

눈이 웃는 상이었다. 쌍꺼풀이 없는데도 눈매가 참 예뻤다.

지수는 내가 먼저 침대를 고르도록 양보했다. 짐도 깔끔하게 정리했다. 까다롭지 않으면서도 깔끔한 성격이었다. 첫인상이 마음에 들었다. 한시름 놓았다.

짐을 정리했는데 칫솔과 치약이 없었다. 엄마가 다 챙겼다고 하더니 실수한 모양이었다. 치약은 몰라도 칫솔은 빌리기 힘든 물건이다. 금요일까지 지내야 하는데 칫솔 없이는 곤란했다. 그렇다고 칫솔 때문에 엄마를 부르기는 싫었다. 개학 첫날이라 수업이 없었고, 기숙사도 오후에는 자유시간이었다. 아무래도 칫솔을 사러 읍내에 나가야 할 듯했다. 하지만 성범죄자들이 사는 읍내에 혼자 가기는 싫었다. 지수는 마음씨가 착해 보였다. 아직 친해지진 않았지만 부탁하면 들어줄 듯했다. 상황을 설명하고 조심스럽게 부탁했다.

"미안해서 어떡하지? 미술 학원 동기들끼리 모이기로 했거든."

미술과 신입생은 대부분 학원 출신이다. 같은 학원 출신끼리는 서로 친했다. 예술고등학교에 진학해서도 대부분 같은 미술 학원에 그대로 다녔다. 그러다 보니 출신 중학교보다 출신 학원을 더 중시했다. 나는 늘 과외만 받아서 학원에 간 적이 없었다. 엄마를 여러 번 졸랐지만 들어주지 않았다.

모임이 오래 안 걸리면 기다리겠다고 했다.

"애들이 모이면 말들이 많아서 얼마나 오래 걸릴지 몰라. 그래도 저녁 먹기 전에는 끝날 테니까 그때 같이 갈래?"

저녁 먹을 때쯤이면 어둠이 내린다. 어두워진 뒤에는 둘이라도 읍내에 가기 싫었다. 그렇다고 칫솔 없이 보내기도 싫었다. 어쩔 수 없이 혼자서 읍내에 가야만 했다. 밝은 대낮이니까 큰길로만 걸으면 괜찮겠다 싶었다.

작은 손가방을 어깨에 멨다. 지갑은 사물함에 넣고 카드 한 장만 챙겼다. 기숙사를 나와 본관 앞으로 갔다. 곧게 뻗은 길을 따라 내려갔다. 올망졸망한 나무들이 나란히 서서 나와 함께 걸었다. 정문을 벗어나자 구불구불한 길이 나왔다. 길 양옆으로는 온통 밭이었다. 큰길에 이를 때까지 사람이 한 명도 보이지 않았다. 큰길에는 제법 차들이 다녔다. 표지판을 확인하고 읍내로 방향을 잡았다. 식당, 자동차 수리점, 치킨집 등이 줄줄이 이어졌다. 꽤나 오래 걸었는데 편의점은 없었다. 오래된 빌라들과 온갖 가게들이 자리한 사거리에서 멈췄다.

편의점을 찾으러 사방을 둘러봤다. 아무리 찾아도 편의점이 눈에 띄지 않아서 스마트폰을 꺼내 검색했다. 오른편 골목 안쪽에 편의점이 있다고 나왔다. 위치가 골목 안쪽이라 께름칙해서 다른 편의점을 찾았다. 거리가 꽤나 멀었다. 그곳까지 걸어가고 싶지는 않았다. 둘레를 살펴봤더니 인적이 드문 곳은 아니었다. 주변에 주차된 차도 꽤 많았다. 별수 없지. 심호흡을 몇 번 하고 골목으로 들어가 편의점까지 빠르게 걸었다. 그 바람에 옆 골목에서 막 나오던 여자와 부딪칠 뻔했다. 마스크를 쓴 여자가 투덜거렸다. 편의점으로 들어가 종업원 얼굴부터 살폈다. 사진에서 본 얼굴은 아닌 듯했다. 그래도 마음이 편하지는 않았다. 재빨리 칫솔과 치약을 골라 계산하고 편의점을 나왔다. 칫솔과 치약을 손가방에 넣고 지퍼를 올리는데 몸이 휘청거렸다.

"눈 똑바로 뜨고 다녀!"

굵고 날이 선 짜증이었다.

"죄송합니다."

지퍼를 마저 올리고 고개를 숙였다.

"눈깔이 썩었나."

"죄송합니다."

"어휴, 재수 없게."

설핏 얼굴이 보였다.

'설마!'

사진에서 본 얼굴이 확실했다. 나는 이미지를 잘 기억한다. 다른 기억은 몰라도 이미지 기억은 정확하다.

"뭘 그렇게 봐?"

고개를 숙였다. 발목으로 눈이 갔다. 까만색 발찌가 보였다. 전자발찌가 틀림없었다.

"야! 지금, 내 발목 보는 거야?"

다리가 후들거렸다.

"이년 봐라."

도망쳐야 하는데 다리가 떨어지지 않았다.

"이걸 확!"

끔찍한 상상이 현실이 되었다. 엄마가 원망스러웠다. 엄마가 칫솔만 제대로 챙겨줬어도 이런 일은 안 생겼다. 엄마는 항상 그랬다. 늘 나를 힘들게 했다.

"거기 유리 아니니?"

낯선 남자 목소리였다.

"유리 맞지?"

그 목소리가 다가왔다.

"에이, 빌어먹을. 재수가 없으려니……."

성범죄자는 투덜거리며 골목으로 사라졌다.

'누구지?'

우리 학교 교복을 입었는데 얼굴은 낯설었다. 아직 안면을 튼 남학생은 없었다. 키도 크고 몸도 날렵해서 교복이 잘 어울렸다. 남학생이 가까이 다가왔다. 가까이서 봐도 떠오르는 이름은 없었다.

"누구?"

"나, 기억 안 나?"

남학생 입가에 반가운 웃음이 걸렸다.

웃음이 익숙했다. 깊은 무의식에 각인된 웃음 같았다.

"야, 나단우! 거기서 뭐 해?"

우리 학교 교복을 입은 여학생이 다가왔다.

'나단우? 그 이름을 언제 들어봤더라?'

여학생은 몸매가 참 예뻤다. 달걀형 얼굴에 콧날이 오뚝했다. 웃지 않아도 입이 웃는 상이었다. 여자인 내 눈길도 사로잡을 만큼 외모가 빼어났지만, 묘한 차가움이 경계심을 일으켰다.

"어, 유리잖아!"

여학생도 내 이름을 알았다. 도대체 언제 어디서 이 둘을 봤을까?

"나 몰라?"

여학생 얼굴에 기묘한 장난기가 흘렀다. 그 표정도 꽤나 익숙했다.

"나단아, 이름이 특이해서 까먹기도 힘들 텐데."

여학생이 얼굴을 바짝 들이밀었다. 진한 향수 냄새가 났다.

"내가 잔인하게 복수해 줄까?"

은밀한 속삭임이 심장을 흔들었다.

분명히 들었던 말이다. 내 삶을 뒤흔든 강렬한 문장이었다. 그 문장이 기억 저장고에서 튀어나왔다.

"설마, 초3 때 그 쌍둥이……?"

"이제 기억나나 보네."

단우가 반갑게 웃었다.

웃음과 함께 갇혔던 기억이 쇠문을 열고 나왔다. 내가 왜 그랬을까? 어쩌다 그 기억이 어둠에 묻혔을까? 잔인하면서도 통쾌했던 그 사건을 왜 잊어버렸을까?

초등학교 3학년 5월, 나는 전학을 갔다. 첫 느낌은 좋았다. 다들 반갑게 나를 맞이했다. 새 학교에 잘 적응하리라 믿었다. 그러나 그 믿음이 날 배신하기까지는 그리 오래 걸리지 않았다. 다들 친절한데 아무도 나와 가까워지지 않았다. 내가 다가가도 곁을 내주지 않고, 자기들끼리만 어울렸다. 나는 외톨이였다. 쓸쓸했지만 괴롭지는 않았다. 외로움에 익숙해지니 그럭저럭 견딜 만했다.

외톨이로 보내던 어느 날, 몇몇이 나를 괴롭혔다. 처음에는 여자애 몇 명이었다. 어느 학교에서나 벌어질 만한 흔한 사건이었다. 재미 삼아 건드리는 수준이라 나는 그러려니 했다. 괴롭힘을 당하면서도 무덤덤하게 지냈다. 외톨이, 괴로움, 속상함은 내게 익숙한 감정이었다.

시간이 지나면 괜찮아질 줄 알았는데 아니었다. 남자애들이 합류하면서 괴롭히는 강도가 세졌다. 살짝 견디기 힘들었다. 모른 척 넘어가고 싶은데 쉽지 않았다. 언어폭력은 귓등으로 흘리면 그만이었다. 그러나 몸에 가해지는 폭력은 그러기가 어려웠다. 몸은 마음보다 정직했고, 고통에 흔들렸다.

점점 버티기가 힘들었지만 아무에게도 내색하지 않았다. 엄마도, 아빠도, 선생님도 내 사정을 알지 못했다. 일부러 말하지 않았다. 그들에게 믿음이 가지 않았기 때문이다. 엄마는 이런 일을 해결하기보다는 꼬이게 만든다. 엄마가 알면 사태가 더 복잡해질 게 뻔했다. 바쁜 아빠에게는 짐을 지우고 싶지 않았다. 말하면 법으로 해결하려 들 사람이었다. 선생님은 신뢰가 가지 않았다. 학생들끼리 갈등이 벌어졌을 때 공정하게 처리하는 것 같지 않았다. 내가 참으니 폭력은 점점 심해졌다.

어느 날, 더는 참지 않겠다는 결심이 섰다. 그날은 괴롭힘을 당하면 곧바로 학교에 신고할 작정이었다. 아침부터 뜨거운 햇살이 내리쬤다. 이글거리는 운동장이 금방이라도 일을 저지를 듯했다. 교실에 들어갔더니 애들이 다가왔다. 선생님이 내 말을 믿으리라는 기대는 전혀 없었다. 다들 착한 학생인 척 연기하니까 확실한 증거가 필요했다. 나는 스마트폰 녹음 앱을 눌렀다. 녹음되는 화면을 확인하고, 주머니에 넣었다. 애들이 나를 둘러쌌다. 각오를 단단히 했다.

그때 앞문이 벌컥 열렸다. 모든 시선이 앞문으로 쏠렸다. 무뚝뚝한 표정을 한 남자애가 먼저 들어왔고, 뒤이어 싱글싱글 웃는 한 여자애가 들어왔다. 선생님은 전학생들을 소개했다. 남자애는 나단우, 여자애는 나단아였다.

"단우와 단아는 이란성 쌍둥이야."

이란성 쌍둥이인데도 닮은 구석이 묘하게 많았다.

전학생 덕분에 괴롭힘 없이 그 순간이 지나갔다. 애들은 전학생에게 관심을 쏟느라 잠시 나를 잊었다. 못된 생각이 들었다. 애들이 내가 아니라 새로운 전학생을 괴롭히는 대상으로 삼기를 바랐다. 나는 괴롭힐 만큼 괴롭혔으니, 관심을 옮길 때도 되었다고 생각했다. 전학생이니까 괴롭히는 재미도 신선하리라는 타당한 근거도 떠올랐다.

안타깝게도 내 기대는 이루어지지 않았다. 점심시간, 애들이 나를 운동장 구석으로 끌고 갔다. 나는 몰래 스마트폰을 챙겼다. 당연히 녹음 앱도 켰다. 운동장은 사막처럼 뜨거웠다. 나를 둘러싸고 장벽이 쳐졌다. 다짜고짜 욕이 쏟아졌다. 같잖은 트집을 잡으며 나를 비난했다. 한 애가 내 뺨을 때렸다.

"왜 때려?"

처음으로 반항했다.

"어쭈, 이게……."

내 반항은 그들을 자극했다. 각오했던 바였다. 심한 폭력은 더 강한 증거가 된다. 이를 악물었다. 주먹이 날아들 줄 알았다. 발길질에 나뒹굴 줄 알았다. 그런데 그런 일은 벌어지지 않았다.

"너희들, 뭐 하냐?"

단우가 나타났기 때문이다.

"열 명이 여자애 한 명을 괴롭히고 때리면서 부끄럽지도 않냐?"

장벽에 틈이 벌어졌다. 단우 얼굴이 보였다. 여자애들은 제쳐두더라도 남자애들만 여섯이었다. 제법 덩치 큰 애들도 몇 명 있었다. 그런데도 단우는 무표정하게 애들을 꾸짖었다.

"어쭈, 전학생! 영웅 놀이라도 하게?"

덩치 큰 남자애가 단우를 위협했다.

"그럼 너희는 깡패 놀이 하냐?"

"저게……."

덩치 큰 남자애 하나가 주먹을 쥐었다. 주먹이 어깨높이로 올라왔다. 팔뚝이 초3 같지 않게 굵었다. 단우는 눈빛조차 흔들리지 않았다. 남자애가 단우에게 바짝 다가가며 주먹을 휘둘렀다. 주먹은 얼굴을 노렸다. 맞으면 바로 쓰러질 만한 위력이었다. 단우는 가볍게 주먹을 피했다. 남자애 몸이 휘청거렸다. 중심을 잃은 남자애가 다시 자세를 잡았다.

퍽!

단우가 발로 옆구리를 걷어찼다. 남자애는 신음을 흘리며 꼬꾸라졌다.

"아니, 저 새끼가……."

나를 둘러싼 남자애들이 일제히 단우에게 달려들었다. 혼자서 다섯 명을 상대하면 결과는 뻔했다. 단우가 걱정됐지만 내가 어찌할 방도는 없었다.

퍽! 퍽! 퍽!

그러나 결과는 달랐다. 타격음이 들릴 때마다 남자애들이 쓰러졌다. 두 방도 아니었다. 단 한 방씩에 모조리 쓰러졌다. 남은 둘은 겁먹고 서로 눈치를 봤다.

"너희는 같이 맞을 의리도 없냐? 비겁하기는……."

단우는 인정사정 봐주지 않았다. 오른 주먹, 왼 주먹 한 방씩으로 둘을 마저 쓰러뜨렸다. 바닥에 널브러진 애들은 맞은 데를 붙잡고 부들부들 떨었다.

그쯤이면 사태가 끝나야 했다. 그러나 여자애들은 물러서지 않았다.

"전학생 따위가 어딜 끼어들어?"

"너 이 새끼, 깡패였어?"

여자애들은 대차게 나갔다. 단우가 여자인 자기들은 때리지 못할 거라고 믿고 나댔다.

"호호호, 누가 깡패인지 헷갈리는데."

맑고 장난기 넘치는 목소리가 끼어들었다.

"너희는 깡패란 뜻이 뭔지도 몰라?"

단아 입가에 웃음기가 가득했다.

"아, 아직 한글도 못 뗐나 보구나. 쯧쯧."

단아는 여자애들을 대놓고 도발했다.

"이게……."

"야!"

여자애들 얼굴이 붉으락푸르락 달아올랐다.

"아이고, 그러면 내가 깜짝 놀랄 줄 알았어? 꼴에 자존심들은 있나 봐."

단아는 전혀 기죽지 않고 애들을 비웃었다.

"저걸 그냥……."

한 여자애가 단아 팔뚝을 잡았다.

"오늘 밤부터 지옥을 맛보고 싶으면……."

단아 입꼬리에 섬뜩한 웃음이 걸렸다.

"계속 붙잡고 있어."

옆에 있던 나조차 등골이 오싹해졌다. 뜨거운 날씨도 놀랄 만한 서늘함이었다. 놀란 여자애가 겁을 집어먹고 손을 놓았다. 단아가 내게 다가왔다. 여자애들이 뒤로 물러섰다.

"너 이름이 뭐야?"

단아가 내게 손을 내밀었다. 나는 그 손을 잡았다.

"유리, 심유리."

"깨지기 쉬운 이름이네."

단아가 기묘하게 인상을 찌푸렸다. 초3이 지을 만한 표정은 아니었다.

"이제 우리가 있으니 안심해."

나는 교실까지 단아 손을 꼭 잡고 갔다. 엄마 손을 잡고 걸을 때보다 안전한 느낌이었다. 이제 아무도 나를 건드리지 못할 것 같았다. 든든한 수호자가 나를 지켜줄 것이라 믿었다. 교실로 당당하게 들어갔다. 그 어느 때보다 당당하게 앉았다. 걱정 한 점 없는 평화였다. 그 순간이 영원으로 이어지리라 믿었다. 그러나 믿음은 5교시 종소리가 울리기도 전에 깨졌다.

담임 선생님이 우리 셋을 불렀다. 그러고는 다짜고짜 단우와 단아를 야단쳤다. 전학 온 첫날부터 폭력을 쓰냐며 심하게 질책했다. 내가 아무리 사정을 설명해도 통하지 않았다. 나는 녹음 파일을 들려주었다. 선생님은 녹음 파일을 다 들은 뒤에도 생각을 바꾸지 않았다. 단우와 단아 역시 잘못을 인정하지 않았다. 그날 오후 학교가 뒤집혔다. 엄마들이 학교로 몰려왔다. 엄마들은 단우와 단아를 둘러싸고 거친 말을 쏟아냈다. 내 엄마도 왔다. 엄마가 맞서길 기대했지만, 엄마는 내 기대를 저버렸다. 엄마는 오자마자 나를 나무랐다. 단우와 단아를 가리키며 왜 저런 나쁜 애들과 어울렸냐고. 아무리 상황을 설명해도 듣지 않았다.

단우와 단아는 끝끝내 잘못을 인정하지 않았다. 그러자 엄마들은 병원, 장애, 손해배상, 고발 같은 무서운 말들을 쏟아냈다. 다 큰 어른들이 열 살짜리 어린아이 둘을 두고 협박했다. 선생님은 진실에 관심이 없었다. 엄마들 눈치만 봤다. 이상하게도 그날 끝까지 단우와 단아 엄마는 나타나지 않았다. 선생님은 단우와 단아에게 내일 부모님과 같이 오라고 했다.

그날 밤, 나는 잠들지 못했다. 단우와 단아가 겪는 시련이 다 내 잘못 같았다. 죄책감이 들었다. 내가 아니었으면 겪지 않았을 일이었다. 새벽에 잠깐 잠들었다가 금방 깼다. 학교에 가기 싫었다. 학교에서 현실을 마주할 자신이 없었다.

나는 학교에 가자마자 교장실로 불려 갔다. 교장실 의자에 둘러앉은 엄마들이 매섭게 나를 노려봤다. 다리가 휴대전화 진동처럼 떨렸다. 엄마들 모두가 나를 잡아먹으려는 괴물 같았다. 나는 괴물 앞에 놓인 먹잇감이었다.

잠시 후, 교장실 문이 열리고 선생님이 단우와 단아를 데리고 들어왔다. 괴물들이 둘을 잡아먹을 듯이 으르렁댔다. 갈기갈기 찢기고 피가 튀는 모습이 떠올랐다. 엄마들 입술에 핏물이 흐르는 것 같았다.

"이 못된 쌍둥이 부모는 오는 거예요, 안 오는 거예요?"

한 엄마가 짜증을 버럭 냈다.

"곧 오십니다."

담임 선생님이 비굴하게 대답했다.

"하여튼 그 부모에 그 자식인 법이니까."

"밖에서 하는 짓을 보면 그 집안이 어떨지 뻔하죠."

괴물들은 막말을 쏟아냈다.

견디기 힘든 말이었지만 단우와 단아는 아무렇지도 않아 보였다.
단우는 여전히 무뚝뚝했고, 단아는 웃음을 거두지 않았다.

"너, 지금 웃니?"

괴물들은 단아 표정을 보고 더 화를 냈다.

"야, 뭘 잘했다고 웃어?"

한 괴물이 단아에게 소리를 질렀다.

"단아가 뭘 잘못했는데요?"

모두 그 말이 들리는 쪽을 쳐다봤다.

교장실 문에 여자 어른이 서 있었다. 화장이 진했다. 진짜 얼굴이
어떨지 짐작조차 하지 못할 정도로 진했다. 옷은 온통 흰빛이었다. 귀
걸이와 목걸이와 신발도 흰빛이었다. 청록색 팔찌만 유난히 도드라졌
다. 옷도 특이했다. 어깨부터 수십 가닥으로 갈라진 옷감이 발까지 치
렁치렁했다. 유럽에서 봤다면 집시라고 착각할 것 같았다.

"단우와 단아가 도대체 뭘 잘못했죠?"

단우 엄마는 문에 서서 날카롭게 물었다.

괴물들은 그 질문을 기다린 듯했다. 온갖 거짓과 악담이 괴물들 입에서 뿜어져 나왔다. 단우 엄마는 교장실 입구에 서서 꼿꼿하게 들었다. 표정은 티끌만 한 변화도 없었다. 대꾸도 하지 않았다. 악취 나는 말들이 끝날 때까지 그렇게 기다렸다.

"다 끝나셨나요?"

괴물들은 답을 안 했다.

"저, 거기 서 계시지 말고 들어오셔서……."

교장 선생님이 말했다.

"됐습니다. 말씀들 들어보니 어차피 따져봐야 소용이 없겠네요."

단우 엄마가 차갑게 말했다.

"따지긴 뭘 따져요?"

"자식이 나쁜 짓을 저질렀으면 사과를 해야지. 어디서 저따위로……."

괴물들이 또다시 날카롭게 울부짖었다.

"자, 자, 어머님들 진정하시고……."

교장은 괴물들을 달래려고 쩔쩔맸다.

"됐어요. 어차피 이런 학교에 단우와 단아를 더 맡길 생각이 없어요. 잘못한 것이 없으니 사과는 절대 안 해요. 단우야, 단아야! 이리 나와. 아무래도 엄마가 잘못 생각했나 보다. 학교 다니면서 또래들과 어울리는 경험을 해보면 좋을 줄 알았는데……. 엄마 생각이 짧았어.”

단우와 단아는 벌떡 일어나서 문 쪽으로 갔다.

“아니, 지금 뭐 하시는 겁니까?”

교장이 당황하며 물었다.

“더는 이 학교 안 다녀요.”

단우 엄마는 단호하게 말했다.

“아니, 저 여자가…….”

“도망치면 다야?”

괴물들이 고함을 쳤다.

“저 여자라니? 어디서 그따위 말을……. 도망 안 쳐! 더러워서 피하는 거지.”

단우 엄마가 버럭 맞고함을 쳤다. 워낙 기세가 강렬해서 교장실이 순식간에 조용해졌다.

“소송하고 싶으면 하고, 고발하고 싶으면 해. 싸움을 걸어오면 얼마든지 싸워줄 테니까.”

단우 엄마에게서 서늘한 기운이 풍겼다. 단아한테 느꼈던 바로 그 기운이었다.

“자기 자식밖에 모르는 악귀들 같으니라고.”

단우 엄마는 냉소를 날리고 몸을 돌렸다. 괴물들은 아무 말도 하지 못했다. 나는 눈치를 보다가 재빨리 단우와 단아에게 뛰어갔다.

“저기!”

힘겹게 불렀다.

"미안해."

울음을 겨우 참아냈다.

"그리고 고마워."

단우는 무뚝뚝하게 고개만 끄덕였다. 단우 엄마는 표정 변화가 없었다. 단아는 싱글거리며 내게 다가왔다.

"미안해하지도 말고, 고마워하지도 마."

단아가 상냥하게 말했다.

"솔직히 재미있었어."

종잡을 수 없는 아이였다.

"유리야!"

단아가 내 이름을 불렀다.

"응, 왜?"

단아가 내 귀에 입을 가까이 댔다.

"내가 잔인하게 복수해 줄까?"

은밀한 물음이었다.

나는 조금도 망설이지 않고 대답했다.

"응!"

나는 단아가 뭘 하려는지 몰랐다. 단지 복수하고 싶었다.

"좋아!"

단아는 뭐가 그리 즐거운지 계속 싱글벙글했다.

"앞으로 걔들 걱정은 안 해도 될 거야. 안심해."

단아는 방방 뛰면서 손을 흔들었다. 손목에 찬 청록색 팔찌가 반짝거렸다. 허리까지 닿는 머리카락이 찰랑거리며 춤을 추었다. 단우는 끝까지 표정 없이 사라졌다.

나를 지켜준 수호자들은 그렇게 떠났다. 수호자가 사라지자 나는 걱정에 휩싸였다. 걔들이 어찌 나올지는 뻔했다. 내가 당할 괴롭힘을 상상했다. 끔찍함이 꼬리에 꼬리를 물고 이어졌다. 지옥이 내 앞에 펼쳐지겠지. 그리고 난…….

걱정과 달리 지옥은 내가 아니라 그들 앞에 펼쳐졌다. 얼핏 전해 들은 소문만 해도 지독했다. 자다가 가위에 눌려 오줌을 싸고, 피 흘리는 귀신을 보고 까무러쳤으며, 몽유병 환자처럼 돌아다니다 부딪치고 떨어져서 다쳤다. 하룻밤이 아니라 날마다 그런 일을 겪으니 제대로 된 생활이 불가능했는지 학교에 오지도 못했다. 몇몇 애들은 그들이 저주를 받았다고 수군거렸다. 나는 무서우면서도 통쾌했다. 단아가 약속을 지켰다고 믿었다. 나중엔 하나둘씩 동네를 떠났는데, 그 뒤에 어떻게 됐는지는 알 수 없었다.

그 사건 후 나는 평범해지려고 애썼다. 정말 열심히 노력했지만 희망과 달리 내 삶은 더 삭막해졌다. 아무도 날 괴롭히지 않았지만, 누구도 친구가 되려 하지 않았다. 어쩌다 가까워졌다가도 금방 다시 멀어졌다. 집도 학교도 내겐 사막 같았다. 모래바람만 부는 사막에서 미술은 유일한 보호막이었다. 목표는 예술고등학교였다. 사막에서 벗어날 길은 그뿐이었다. 악착같이 그리고 또 그렸다. 모자란 재주를 노력으로 넘으려 애썼다. 없는 힘까지 쥐어짰다. 마지막 순간에 고비가 찾아왔다. 내 삶을 무너뜨릴 고비였다. 운 좋게 그 고비를 넘었다. 나는 드디어 오아시스에 도착했다.

단우와 단아는 그 일을 겪은 후 아예 학교에 나오지 않았다. 나중에 들은 바로는 초중등 졸업 자격을 검정고시로 땄다고 했다. 둘을 만난 시간은 단 이틀이었지만 지금도 생생히 떠올릴 만큼 강렬했다. 능력을 떠올리면 무서웠지만 나를 지켜줘서 든든했다. 짧은 만남이었지만 둘은 내 삶에 큰 영향을 끼쳤다. 6년을 훌쩍 넘기고 다시 만난 그들이 이번에는 나에게 어떤 영향을 끼칠까? 두려우면서도 한편으로는 설렜다.

## 얘상한 쌍둥이 남매

02

기숙사에서 맞는 아침은 상쾌했다. 혹시 악몽을 꾸거나 귀신이 나타나지 않을까 걱정했지만 기우였다. 무엇보다 같은 방 친구인 지수가 편했다. 긴 수다를 나눠도 지루하지 않을 만큼 대화가 잘 통했다. 주변 공간을 깔끔하게 정리하는 것도 좋았다. 기숙사 생활에 대한 염려가 컸는데 당분간은 걱정하지 않아도 될 듯했다.

아침 먹고 나오는데 강아지가 짖는 소리가 들렸다. 음색은 소형견 같은데, 음량은 대형견처럼 컸다. 어떤 강아지인지 궁금해서 소리 나는 곳으로 가보았다. 기숙사와 옛날 건물 사이에서 작은 강아지를 발견했다. 짧고 굵은 털에 딱 보기에도 몸이 단단했다. 강아지는 옛 건물을 향해 매섭게 짖고 있었다. 내가 나타나자 꼬리를 흔들며 다가왔다.

머리가 내 종아리에 닿았다. 내 다리에 몸을 비비는 힘이 제법 강했다. 나는 몸을 숙여 강아지를 쓰다듬었다. 내가 꽤 세게 쓰다듬는데도 몸이 밀리지 않았다. 손바닥으로 단단한 근육이 느껴졌다. 강아지는 네 다리로 딱 버티고 서서, 목만 움직이며 내 손길을 즐겼다.

"생강아!"

강아지가 귀를 쫑긋 세웠다.

"이름이 생강이구나."

다정하게 불렀다.

"우리 생강이, 어디 있니?"

단아 목소리였다.

생강이는 꼬리를 흔들더니 소리 나는 쪽으로 뛰어갔다. 기숙사 모퉁이에서 단아가 나타났다. 생강이는 맹수처럼 풀밭을 가로질러 뛰어갔다. 속도를 줄이지 않고 그대로 뛰어올라 단아 품에 안겼다. 단아는 두어 걸음 뒤로 물러서며 생강이를 받아 안았다. 생강이는 단아 얼굴을 혀로 핥았다.

"생강아, 화장 지워지잖아."

단아는 그러면서도 생강이를 내려놓지 않았다.

"간식 먹어야지."

간식이란 말에 생강이가 훌쩍 뛰어내렸다.

단아는 가방에서 간식을 꺼내더니 높이 던졌다. 생강이는 잽싸게 뛰어가더니 훌쩍 뛰어올라 간식을 입으로 받았다. 간식을 입에 물고 돌아오더니 단아 옆에 풀썩 앉아 빠르게 간식을 뜯어 먹었다.

"너도 해볼래?"

단아가 내게 손짓했다.

나는 어색한 걸음으로 단아에게 다가갔다. 단아가 도톰한 간식을 내게 건넸다. 손가락이 곱고 길었다. 그림을 그리느라 거칠어진 내 손과는 달랐다. 열 손가락 모두 다른 빛깔로 칠한 손톱이 유난히 예뻤다.

때마침 간식을 다 먹은 생강이가 벌떡 일어섰다. 생강이는 내 손만 뚫어지게 주시했다.

"아무 곳으로나 높이 던져."

단아 말대로 높이 던졌다. 간식이 내 손에서 벗어나자마자 생강이가 튀어 나갔다. 간식이 작은 나무 위로 떨어지기 바로 전에 번쩍 뛰어올라 간식을 입으로 물었다. 대단한 순발력이요, 도약력이었다.

"어제는 못 봤는데……. 생강이가 너희 집 강아지야?"

생강이가 늠름하게 걸어오더니 내 발 옆에 앉았다.

"응, 일부러 데려왔어."

"학교에 강아지를 데려와도 괜찮아?"

"경비 아저씨한테 부탁드렸어. 때맞춰 밥만 주시라고."

"집에서 키우는 강이지를 왜……?"

단아가 다시 간식을 던졌다. 생강이가 뛰어가서 간식을 물었다.

"귀신이 나오니까."

단아 대답에 화들짝 놀랐다.

"귀신?"

가슴이 덜컹 내려앉았다.

"어제 설명 못 들었어? 선생님이 알려줬잖아, 귀신 나온다고."

"그건, 그냥 하는 말 아니었어?

"선생님은 잘 몰라."

단아는 무릎을 꿇더니 생강이를 쓰다듬었다. 생강이가 벌러덩 드러누웠다. 단아가 생강이 배를 쓰다듬었다.

"생강이는 웬만한 귀신은 다 쫓아내."

단아는 귀신이라는 말을 아무렇지 않게 했다.

생강이가 부드럽게 가르릉거렸다.

"생강이 말이, 조금 전에도 귀신을 내쫓았대."

믿기지 않았다.

"강아지, 아니 생강이 말을 알아들어?"

단아가 벌떡 일어났다. 얼굴에 장난기가 한가득했다.

"너는……."

단아가 바짝 다가왔다. 해맑은 두 눈이 내 시야를 꽉 채웠다. 눈동자가 점점 밝아지더니 하얗게 변했다. 검은 눈동자가 사라지고 하얀 빛만 꽉 찬, 공포 영화에나 나올 법한 눈이었다. 내 입술이 덜덜 떨렸다. 단아가 눈을 깜박였다. 검은빛이 다시 돌아왔다.

"약해, 이름처럼, 여전히."

떨림을 진정시키려고 했지만 쉽지 않았다.

"넌 지나치게 약해. 거기다 착해."

단아가 입술을 오므리며 쭉 내밀었다. 표정은 귀여운데 차갑고 무서웠다.

"약하고 착하면 안 좋은데……."

단아가 중얼거리며 뒤로 물러섰다.

단아는 간식을 꺼내더니 위로 던졌다. 손목에 찬 청록색 팔찌가 눈길을 끌었다.

"생강이랑 가까이 지내면 약한 귀신한테는 당하지 않을 거야."

단아가 간식 봉지를 내밀었다.

"안 받고 뭐 해?"

얼떨결에 간식 봉지를 받아들었다.

"종종 챙겨줘. 생강이와 친해지면 친해질수록 너한테 좋으니까."

갑자기 생강이가 옛 건물을 향해 거세게 짖어댔다. 저곳에 귀신이 나타난 걸까? 주춤주춤 뒤로 물러섰다.

"겁먹기는, 호호호!"

이게 다 장난이었을까? 단아는 크게 웃으면서 걸음을 옮겼다. 생강이가 짖는 걸 멈추고 단아 뒤를 따랐다. 단아는 팔짝팔짝 뛰면서 춤을 추었다. 허리까지 자란 머리카락이 찰랑찰랑 나풀거렸다. 나는 재빨리 그곳을 벗어났다. 무서워서 더는 그곳에 머물기 싫었다.


교실에 들어서는데 다들 편한 복장이었다. 교복을 입은 학생은 나

뿐이었다. 창문 쪽 맨 뒷자리에 앉은 단우가 보였다. 나는 미술과 디자인 전공이고, 단우는 조소 전공이다. 전공수업은 따로 받지만 일반 교과수업은 같이 듣는다. 단우는 몸을 숙인 채 손을 부지런히 놀렸다. 뭘 하는지 궁금해서 은근슬쩍 살펴보았다. 책상에 넓게 깔린 두툼한 수건 위에 30cm쯤 되는 나무칼이 놓여 있었다. 칼 모양이 게임에 나오는 소품 같았다. 칼 앞날은 부드럽게 휘었고, 칼등은 상어 이빨처럼 날카롭게 삐죽삐죽 튀어나왔다. 칼날 옆면에는 직선과 삼각형이 빚은 기하학무늬가 음각으로 새겨져 있었다. 손잡이는 몸이 뒤틀린 괴물 모양이었다. 단우가 조각칼을 움직일 때마다 괴물이 꿈틀거렸다.

담임 선생님이 들어와도 단우는 작업을 멈추지 않았다. 1교시 수업 때도 마찬가지였다. 오전은 일반 교과수업인데 단우는 계속 조각만 했다. 수업엔 아예 관심이 없는 듯했다. 선생님들은 그런 단우를 내버려 두었다. 쉬는 시간에도 집중해서 작업을 하기에 말을 걸지 못했다. 점심시간에 단우에게 가려다가 그만두었다. 앞에 단아가 있었기 때문이다. 단아는 떠들고, 단우는 조용히 밥을 먹었다. 아침에 있었던 일이 떠올라서 단아를 가까이하는 게 꺼려졌다.

점심을 먹고 교실로 돌아오는데, 단우가 학교 뒤편으로 혼자 나가는 모습이 보였다. 좋은 기회다 싶어서 뒤따라갔다. 단우는 숲 바로 앞까지 가더니 휘파람을 불었다. 숲에서 후다닥 뛰어오는 소리가 들렸다. 잡풀을 뚫고 생강이가 달려왔다. 생강이는 훌쩍 뛰어서 단우 가슴에 안겼다. 단우는 생강이를 쓰다듬었다.

단우와 가까워질 좋은 기회였다. 나는 주머니를 뒤졌다. 간식 하나가 손에 잡혔다.

"생강아, 여기!"

간식을 본 생강이가 단우 품에서 뛰어내렸다. 나는 간식을 살짝 위로 던졌다. 맹렬하게 달려온 생강이가 내 키만큼 뛰어올라서 간식을 물었다. 단우가 물끄러미 생강이를 쳐다봤다.

"이 간식, 아침에 단아가 줬어."

내가 멈칫거리며 말했다.

"알아. 들었어."

단우가 무덤덤하게 대꾸했다.

간식을 다 먹은 생강이가 꼬리를 흔들었다. 더 달라는 뜻이었다.

"더 챙겨올 걸 그랬네."

생강이에게 미안했다.

"괜찮아. 경비 아저씨가 끼니는 제때 챙겨주셔."

단우가 천천히 다가오더니 생강이를 쓰다듬었다. 손길이 기분 좋은지 생강이가 배를 드러내고 옆으로 눕자, 단우가 생강이 배를 쓰다듬었다.

"이렇게 조그만 강아지인데, 하는 행동은 마치 사자 같아."

"사자보다 용맹하지."

단우가 부드럽게 생강이를 어루만졌다.

"생강이를 학교에 왜 데려왔어?"

단아에게 들었던 말을 부정하기를 바라며 물었다.

"단아한테 듣지 않았어?"

"그게……."

"단아가 얘기했다고 하던데."

"좀 믿기 어려워서."

"다들 그렇게 반응하지."

단우가 서서히 몸을 일으키자 생강이도 따라서 일어났다. 단우는 숲을 한참 노려봤다. 무거운 기운에 밀려 다시 말 걸기가 힘들었다. 단우가 품에서 나무로 만든 칼을 꺼냈다. 오전 내내 만든 바로 그 칼이었다. 단우가 칼을 든 손을 위로 쭉 뻗었다. 손목에는 단아와 똑같은 청록색 팔찌가 있었다. 팔찌를 차고 기괴한 칼을 치켜든 모습은 마치 게임 속 인물 같았다. 단우가 알아듣기 힘든 말을 중얼거렸다. 생강이는 칼에서 시선을 떼지 않았다. 칼이 단우 손에서 빙글빙글 돌았다. 점점 빨라져서 잔상밖에 보이지 않았다.

"생강아! 부탁해."

칼이 회전을 멈췄다. 단우가 칼날을 움켜쥐더니 손을 앞으로 쭉 뻗었다. 생강이가 뛰어올라 칼 손잡이를 물었다. 입에 칼을 문 생강이는 숲속으로 있는 힘껏 뛰었다. 생강이가 숲으로 사라지자 단우가 긴 숨을 내쉬었다.

내 앞에서 벌어진 일임에도 현실 같지 않았다. 단아뿐 아니라 단우도 조금 무서워졌다.

"지금, 그게…… 뭐야?"

겨우 용기를 내서 물었다.

단우가 얕게 웃었다. 웃음에서 햇살이 피어났다. 가슴이 덜컹 내려앉았다.

'설마, 내가?'

예상치 못한 내 감정에 놀랐다.

"일이 벌어지지 않으면 알 필요가 없고, 일이 벌어지면 저절로 알게 될 거야."

단우가 한 말을 이해하기 어려웠다.

"그게 무슨 뜻이야?"

"네가 모르게 된다면 너한테 좋은 일이고, 네가 알게 되면……."

단우는 어깨를 으쓱하더니 걸음을 옮겼다. 끝내지 않은 말 속에 불안이 꿈틀대는 듯했다. 나는 조용히 단우 뒤를 따랐다.

"생강이 간식을 잘 챙겨줘. 너와 좋은 친구가 될 거야."

"그…… 그럴게."

단우가 다시 웃었다. 그와 동시에 또다시 가슴이 뛰었다. 얼굴이 뜨거워졌다. 단우는 미술관으로 들어갔고, 나는 그 자리에서 뛰는 가슴을 가라앉혀야만 했다. 들떴던 감정이 가라앉자 조금 전 일이 다시 떠올랐다. 아무리 생각해도 이상했다. 단우도 단아도 다 이상했다. 도대체 저 쌍둥이에게 무슨 비밀이 있는 걸까?

첫 전공수업은 힘들었다. 수업 수준이 지나치게 높았다. 선생님이 학생들 실력을 가늠하려고 일부러 그러는 듯했다. 안 그래도 첫 수업이라 긴장했는데 어려운 과제를 하다 보니 진이 다 빠졌다. 기숙사에 가자마자 침대에 널브러졌다. 지수도 침대에 누워서 한참 동안 불만을 쏟아냈다. 나만 힘든 게 아니라서 그나마 안심이었다. 겨우 정신을 차리고 옷을 갈아입었다.

"복장 단속도 안 하고, 선생님도 행사 때 빼고는 편하게 입어도 된다고 했는데 불편하게 교복은 왜 입어?"

지수가 물었다.

"난 교복이 편해."

"너도 참 별나다."

지수가 침대에서 벌떡 일어나더니 사물함에서 필통과 스케치북을 챙겼다.

"어디 가?"

"동아리."

동아리란 말에 귀가 번쩍 열렸다. 과외 선생님이 꼭 좋은 동아리에 들라고 강조했기 때문이다.

"어떤 동아린데?"

"디자인에 얽매이지 않는 편한 그림을 그려보려고. 맨날 디자인 과제만 하니 지겹잖아. 다양한 표현과 색감을 익히려면 아무래도 자유로운 그림이 좋을 것 같아서."

동아리를 만든 취지가 마음에 들지 않았다. 나는 입시에 도움이 되는 동아리를 원했다. 자유롭게 그리기는 입시에 도움이 되지 않는다.

"같이 할래? 아직 애들이 많지 않아. 네가 원하면 들어와도 돼."

지수가 그리 말하니 거절하기 어려웠다. 나는 스케치북과 필통을 챙겨 따라나섰다.

모임 장소에 가니 다섯 명이 기다리고 있었다. 모두 디자인 전공이라 낯익었다. 동아리 운영에 관한 이런저런 얘기가 오갔다. 나는 가만히 듣기만 했다. 대화를 들을수록 입시에 도움이 되지 않을 것 같다는 내 판단이 확실해졌다. 나랑 안 맞는다고 말할까 하다가 생각을 고쳐먹었다. 나는 친구라고 할 만한 관계가 없었다. 이제 외톨이에서 벗어나고 싶었다. 입시와 상관없으니 오히려 친구를 만들기에 더 좋을 것 같았다. 나를 얽어맨 오랜 사슬에서 벗어날 기회가 될지도 모른다는 판단이 서자 입을 열었다. 되도록 좋은 말을 했고, 기대를 과장했다. 동아리 이름은 '자유롭게 만나는 풍경', 줄여서 '자만풍'으로 정해졌다.

"자만풍 첫 모임을 기념해서 오늘 아무 그림이나 그려보는 거 어때?"

지수가 제안했고, 모두 동의했다. 건물 안에서 처음 눈에 띄는 공간을 바로 그리기로 했다. 제한 시간은 30분이었다.

스케치북과 연필을 들고 밖으로 나왔다. 각자 따로 움직이기로 해서 마음이 가는 대로 걸었다. 부담 없이 주위를 살폈다. 딱히 끌리는 공간이 없었다. 그릴 만한 곳을 찾으며 걷다가 휴게실까지 갔다. 휴게실 공간이 마음에 들었다. 휴게실 귀퉁이에 쭈그리고 앉았다. 일부러

구석진 곳을 택했다. 공간이 좁으니 시야가 제한되면서 그림 구도가 자연스럽게 잡혔다. 눈에 들어오는 대로 휴게실을 그렸다. 잘 그려야 한다는 목표를 내려놓으니 손이 편했다. 눈이 가는 대로 손이 움직였다. 그림을 그리며 참으로 오랜만에 맛보는 자유였다.

그때 단아와 한 남자애가 휴게실로 들어왔다. 둘은 나를 못 봤지만, 나는 둘이 잘 보였다. 단아는 한국무용 전공이다. 무용복을 입은 모습이 평상복을 입었을 때보다 더 돋보였다. 예쁜 얼굴, 밝고 귀여운 입술, 크고 맑은 눈, 웃음을 머금은 눈매, 적당히 넓은 이마와 긴 머리카락, 춤 연습을 하느라 흘린 땀방울까지 모두 예뻐 보였다. 그런데 남자애 표정이 심상치 않았다. 잔뜩 긴장한 채 단아 얼굴에서 눈을 떼지 않고 있었다.

"그러니까 내 어디가 좋아?"

단아가 안 그래도 큰 눈을 더 크게 떴다.

"그냥…… 다."

남자애가 떨리는 목소리로 대답했다.

"너, 나 모르잖아. 어제오늘 딱 두 번 봤으면서 내가 어떤지 알고 나를 좋아해?"

단아의 표정은 한없이 순진했다.

"그건 모르지만 너한테 반했어."

"그 말은 내 외모만 보고 끌렸다는 거네."

"아니, 그게 다는 아니야!"

"내가 어떤지 전혀 모르는데 어떻게 그게 다가 아니야?"

"웃는 모습도 예쁘고, 네 성격도 마음에 들고."

"내 성격을 알아?"

"맑고 쾌활하고……."

"몇 번 봤다고 내 성격을 알아? 그냥 외모에 끌렸다고 해."

"그게 아니야!"

남자애는 사력을 다했다.

"외모 말고 다른 건 없어?"

단아가 얼굴을 바짝 들이댔다. 남자애 얼굴이 빨개졌다. 그게 재미있는지 단아가 피식 웃으며 얼굴을 더 들이밀었다. 코가 서로 맞닿을 듯 가까워졌다.

'설마 입을 맞추려고?'

그림을 그리던 내 손이 멈췄다. 예상치 못한 단아 행동에 나까지 당황했다. 설마 고백한 남자에게 곧바로 입을 맞출까? 그때, 단아 눈이 번쩍이더니 하얀빛이 눈을 채웠다. 섬뜩한 기운이 느껴졌다. 나도 모르게 연필을 꼭 쥐었다. 연필심이 뚝 부러졌다.

남자애가 돌처럼 굳었다.

"호호호, 겁먹기는."

단아 얼굴이 멀어지자 남자애가 참았던 숨을 터트렸다.

"넌 날 좋아하지 않아. 그냥 예쁘고 밝으니까 끌리는 거야. 중학교 때 숱하게 사귀고 헤어졌던 여자애들처럼."

"무, 무슨 소리야?"

"너는 얼굴이 반반하고, 키가 크고, 목소리도 부드럽고, 돈도 많고, 공부도 잘하고, 춤도 잘 춰. 여자애들이 좋아할 만한 조건은 다 갖췄지. 그래서 네가 좋다고만 하면 여자애들이 다 넘어왔잖아. 잠깐 사귀다가 질리면 헤어지고, 또 새로운 여자 친구를 찾고. 안 그래?"

"어디서 그런 소문을 들었는지 모르지만 다 거짓말이야."

"소문을 들은 게 아니야. 내가 네 소문을 어디서 들었겠어."

"그럼?"

단아가 서늘하게 웃었다. 그 웃음을 본 남자애 얼굴이 창백해졌다.

"엄마는 연애하지 말라고 그렇게 말리고 감시하는데 몰래 사귀는 걸로 반항하잖아. 엄마가 나무라면 왜 쓸데없이 의심하냐며 대들고, 그러면 엄마는 미안하다고 하고. 그걸로 너는 몰래 통쾌해하지."

남자애 얼굴이 창백하다 못해 하얗게 질렸다.

"내가 더 얘기해야 하니?"

단아는 여전히 웃는 얼굴이었다.

"어때? 그래도 나 좋아해?"

남자애가 고개를 저었다.

"거봐, 너는 내 겉모습만 보고 달려든 불나방이라니까. 나를 만만하게 보고 말이지."

단아가 폴짝 뛰면서 일어났다. 말은 무서운데 행동은 여전히 귀여웠다.

"다른 여자애들한테도 이렇게 할 거지? 그러든지 말든지 상관없는데, 웬만하면 그러지 마. 예술밖에 모르는 순진한 애들을 속여서 상처 주지 말라고."

남자애가 고개를 끄덕거렸다.

"난 갈게. 즐거웠어."

단아가 일어서며 내 쪽으로 힐긋 눈을 돌렸다. 나와 눈이 마주치자 단아가 한쪽 눈을 찡긋했다. 어떻게 반응해야 할지 몰라서 가만히 있었다.

남자애가 사라질 때까지 기다렸다가 일어났다. 시계를 보니 제한 시간이 이미 지난 뒤였다. 서둘러 동아리 모임방으로 돌아갔다. 서로가 그린 그림을 보며 대화를 나눴는데, 나는 머리가 혼란스러워서 제대로 대화에 끼어들지 못했다.


저녁 급식은 기숙사에서 생활하는 학생들만 먹는다. 단우와 단아는 저녁 급식 시간에 나타나지 않았다. 둘 다 기숙사 생활을 하지 않기 때문이다. 자만풍 동아리원들과 함께 식사하니 즐거웠다. 모처럼 맛보는 행복이었다. 식사를 마치고 기숙사에서 쉬는데 방송이 나왔다.

"김창원 쌤이다. 디자인 전공자들은 스케치할 도구를 챙겨서 지금 당장 기숙사 앞으로 모여라. 제한 시간 5분, 늦게 나오면 벌칙이 따를 테니 늦지 않도록."

갑작스런 지시였다. 찍히기 싫어서 재빨리 준비물을 챙겼다. 혹시 몰라 생강이 간식도 챙겼다. 기숙사 앞에는 이미 많은 애들이 나와 있었다. 긴 곱슬머리를 휘날리며 김창원 선생님이 나타났다. 다들 조용히 선생님 지시를 기다렸다. 선생님은 5분이 지난 걸 확인하고는 인원을 확인했다. 아무도 늦지 않았다.

"오늘은 특별 야간 학습이다."

굵은 목소리에서 위압감이 느껴졌다.

"나를 따라오도록."

선생님은 우리를 옛 건물로 데려갔다. 세월을 뒤집어쓴 낡은 벽돌 건물이 어둑한 저녁을 끼고 서서 으스스하게 우리를 맞았다. 무서움이 발목을 잡았다.

"쌤, 이 건물에서 귀신이 나온다고 하던데요?"

"그런 헛소리는 그만! 이 건물은 식민지 시대 건축 양식을 제대로 보여주는 문화유산이야. 독특한 건축 양식뿐 아니라 오직 세월만이 만들 수 있는 흔적이 넘치지. 이보다 더 좋은 학습 조건은 흔치 않아. 나는 여기서 몇 해째 수업했지만, 귀신을 만난 적은 단 한 번도 없어."

김창원 선생님은 아무렇지 않게 옛 건물로 들어가더니, 거실 한복판에 우뚝 섰다.

"안 들어오고 뭐 해?"

다들 주저하다가 마지못해 들어갔다. 바닥은 딱딱한 돌이었다. 거실은 디자인 전공 학생들이 다 들어갈 만큼 넓었다. 천장에 아슬아슬하게 매달린 낡은 샹들리에가 거실을 어둑하게 밝히고 있었다. 거실

좌우에는 큰 문이 마주 보고 있었고, 좌우로 휜 계단은 중간에서 만나 엇갈리며 2층으로 이어졌다. 2층 난간을 끼고 복도가 'ㅁ'자로 2층 전체를 휘돌았고, 복도에 딸린 수많은 방문은 모두 닫혀 있었다.

"이 건물에는 사연이 많아. 귀신 나온다는 그딴 허무맹랑한 소문 말고, 제대로 된 역사를 알고 나면 다르게 보일 거야. 지금은 사전 지식 없이 마주한 그대로를 느껴보도록 하자. 선입견을 지우고, 주변을 살펴봐. 낯선 공간이 주는 느낌을 붙잡아."

선생님은 분위기를 잡으려고 애썼다.

"가만히 호흡하면서 깊이 관찰해. 생각을 버리고 그냥 느껴봐."

선생님은 명상을 이끌 듯이 잔잔하게 말했다. 그렇지만 우리는 불안에 떨며 선생님 말씀에 제대로 집중하지 못했다. 우리가 집중하든 말든 선생님은 자기 방식대로 밀고 나갔다.

"오늘 야간 특별학습 주제는 '공간에 깃든 세월'이야. 공간에 깃든 세월을 붙잡아보도록."

뜬구름 잡는 주제였다. 한 번도 해본 적 없는 방식이었다. 다른 학생들도 나와 크게 다르지 않았다. 다들 멍하니 선생님만 바라봤다.

"다들 가만히 서서 뭐 해?"

선생님이 내지른 소리가 낡은 공간을 진동시켰다.

"주제는 공간에 깃든 세월. 통과 못 한 사람은 이곳에서 밤새는 줄 알아."

협박은 바로 효과를 발휘했다. 다들 재빨리 주변을 살폈다. 조금씩 움직이는 학생도 있었다. 그러나 아무도 1층 거실을 벗어나지는 않았다.

몇몇이 재빨리 그려서 선생님에게 검사를 받았다.

"장난해? 이 그림에 세월이 어딨어?"

선생님은 곧바로 퇴짜를 놨다.

도대체 뭘 어찌해야 할지 종잡을 수가 없었다. 그렇다고 아무것도 안 할 수도 없었다. 샹들리에를 그렸다. 낡고 오래된 느낌이 물씬 풍겼기 때문이다. 주변을 보니 샹들리에를 그리는 학생들이 꽤 많았다. 눈치를 보다가 제출했다.

"흔해 빠졌어."

곧바로 퇴짜를 맞았다.

이번에는 계단을 그렸다.

"여기에 깃든 세월이 뭐야?"

대답하지 못했다.

다시 자리를 잡았다. 막막했다.

'도대체 뭘 어떻게 그려야 하지?'

주변을 둘러봤다. 사람들이 많으니 두려움이 조금은 가셨다.

"멍! 멍! 멍!"

생강이가 짖는 소리가 들렸다. 생강이는 귀신을 보면 짖는다고 했다. 등골이 오싹해졌다. 현관 옆 큰 창문으로 눈이 갔다. 하얀 물체가 어른거렸다.

'설마? 귀신?'

눈을 꼭 감았다. 그럴 리 없다. 귀신이 보일 리 없다. 귀신은 없다. 겨우 용기를 내서 눈을 떴다. 하얀 물체는 없었다. 그 대신 희뿌연 가로등 불빛이 보였다. 낡은 창문과 가로등, 오래된 건물과 현대식 발명품, 옛날과 지금…… 세월이었다.

'이거야!'

나는 재빨리 손을 놀렸다. 낡은 유리창은 표현하기 어렵지 않았다. 그 반면에 빛은 쉽지 않아서 그렸다 지우기를 반복했다. 그 사이에도 애들은 계속 퇴짜를 맞았다. 어렵게 그림을 완성했다. 낡은 창문을 물들인 가로등 불빛이 제법 생생했다. 다 그렸지만 선뜻 내지 못했다. 이번에도 퇴짜를 맞으면 대책이 없었다. 완성한 뒤에도 한참을 머뭇거리며 주변을 살폈다. 그때 지수가 맨 처음으로 통과했다. 지수는 방방 뛰면서 좋아했다. 뒤를 이어 서너 명이 잇달아 나갔다.

"밤샐 거야?"

선생님이 다그쳤다.

어쩔 수 없이 그림을 들고 일어났다. 조심스럽게 그림을 내밀었다. 선생님은 내 그림과 내 얼굴을 번갈아 보았다. 가슴이 콩닥거렸다.

"제법이군."

예상치 못한 평가였다.

"이름이 뭐지?"

"심유리입니다."

"심유리라면 아, 네가 그……!"

선생님은 뒷말을 다 하지 않았다. 그러나 나는 생략된 말이 무엇인지 안다. 떠올리기 싫은 낙인이었다. 나는 인사를 드리고 재빨리 나왔다. 맑은 공기가 나를 맞았다. 내가 그린 유리창을 봤다. 세월이 담긴 유리창이었다.

'하얀 물체는 뭐였을까? 착각이었을까?'

건물 뒤로 깊은 어둠이 깔렸다. 시커먼 어둠을 접하니 갑자기 두려움이 밀려왔다. 빛을 향해 피했다. 가로등 옆에서 바스락거리는 소리가 났다. 주저앉고 싶을 만큼 무서웠다. 가로등 불빛 아래로 맑은 눈동자가 나타났다. 생강이었다.

"어, 생강이구나!"

주머니에서 간식을 꺼냈다. 생강이가 꼬리를 흔들었다. 무릎을 굽혀 간식을 생강이 앞에 내밀었다. 생강이가 고개를 갸웃하더니 간식을 받아먹었다. 나는 생강이 뒷덜미를 쓰다듬었다.

"고마워. 네 덕분에 통과했네."

# 감춰진 고통

03

단우와 단아는 기숙사에서 생활하지 않았다. 그래서 점심 먹을 때 말고는 단아 얼굴을 볼 일이 없었다. 단우는 일반 교과 시간에는 늘 칼을 만들었다. 나무, 돌, 뼈, 플라스틱 등 재료를 가리지 않았다. 점심을 먹은 후에는 학교 뒤편으로 갔다. 소문으로는 조소 전공 시간에도 칼을 만든다고 했다. 아이들과 섞이지 않아서인지 다들 단우를 어려워했다. 단아는 더 심했다. 단아가 점쟁이처럼 숨겨진 가정사나 과거를 잘 알아맞혀서 깜짝 놀라는 사건이 여러 번이었기 때문이다. 예쁘고 상냥한 겉모습에 이끌려 다가갔던 애들은 기겁하며 멀어졌다.

그렇지만 무용과 선생님들은 단아를 아꼈다. 10년에 한 번 나올까 말까 한 재능이라며 칭찬이 자자했다. 예쁜 외모에 뛰어난 재능, 전적으로 자신을 믿어주는 엄마와 든든한 쌍둥이 오빠까지, 단아는 내게 없는 모든 걸 갖췄다. 그렇다고 질투하지는 않는다. 어차피 단아는 나와는 결이 다른 존재니까. 다른 차원에 존재하는 이를 질투할 만큼 나는 어리석지 않았다. 나는 현실주의자다. 내 처지를 잘 안다.

학교생활은 걱정과 달리 순탄했다. 선생님들이 나를 좋게 봤다. 아무래도 김창원 선생님 덕분인 듯했다. 김창원 선생님은 툭하면 우리를 끌고 옛 건물로 갔다. 처음에는 무서웠는데 여러 번 가니 익숙해져서 밤에 가도 무섭지 않았다. 수업은 뒤처지지 않게 따라갔다. 가장 즐거운 활동은 자만풍 동아리였다. 수요일은 학교 주변에서, 토요일은 시내에서 자만풍 활동을 했다.

아무 데나 돌아다니다 그리고 싶은 풍경을 만나면 멈춘다. 평상시라면 있는지조차 몰랐을 대상에 시선이 머문다. 손님을 기다리는 가게 주인, 햇살이 흔들리는 유리창, 분주한 신발에 짓눌린 어린 풀, 지루하게 늘어선 간판이 시선을 붙잡는다. 멈추면 일단 관찰한다. 무엇이 나를 잡아끄는지 살핀다. 꼼꼼하게 들여다보고 마음이 움직이면 손이 뒤따른다. 연필로 끝까지 그리기도 하고, 대충 형태만 잡고 색으로 물들이기도 한다. 대상을 종이 위로 옮겨 놓는 방법은 자유다. 다 그리고 나면 동아리원끼리 자유롭게 대화를 나눈다. 평가는 없다. 가벼운 수다가 전부다. 수다가 쌓이면서 친구가 되었다. 친구, 내겐 참 낯선 단어였다. 지수와는 단짝처럼 가까워졌다. 예전에 없던 행복이었다. 이 행복이 깨지면 어쩌나 하는 걱정까지 들었다. 전에는 없던 행복한 걱정이었다.

그러던 5월 둘째 주 수요일, 오후 전공수업이 선생님 사정으로 몽땅 취소되었다. 점심을 먹고는 다들 자만풍 동아리방에 모였다. 시간이 많으니 새로운 장소에 가보자는 의견이 다수였다. 읍내와 뒷산이 후보로 떠올랐다. 내게는 둘 다 탐탁지 않은 장소였다. 의견이 3 대 3으로 팽팽히 맞섰다. 내 의견에 따라 갈 곳이 정해지는 상황이었다. 읍내는 싫었다. 끔찍한 성범죄자들과 마주치고 싶지 않았다. 군부대 쪽만 아니면 산에서 위험을 겪을 일은 없었다. 무엇보다 지수가 뒷산을 원했다. 나는 망설임 없이 뒷산을 선택했다.

우리는 그림도구를 챙겨 들고 뒷산에 올랐다. 사람이 많이 다녔는지 등산로가 깔끔했다. 길이 완만해서 오르기도 편했다. 정상까지 가는 데 얼마 걸리지 않았다. 산꼭대기에서 본 풍경은 아름다웠다. 학교와 읍내가 한눈에 들어왔다. 선 곳이 바뀌니 풍경도 변했다. 껄끄러운 읍내가 조금은 정겹게 보였다. 서쪽 풍경은 장관이었다. 층층이 쌓인 산봉우리는 멀어질수록 빛깔이 옅어졌고, 끊이지 않고 이어진 산등성이가 선율처럼 흥겨웠다. 늘 그렇듯이 우리는 자유롭게 그리고 싶은 대상을 각자 찾기로 했다.

"저쪽으로 가볼래?"

지수가 북쪽을 가리켰다.

"거긴 군부대 방향이잖아."

위험을 자초하고 싶지 않았다.

"에이, 뭐 어때? 이럴 때 아니면 언제 가보겠어."

"그래도……."

"그럼 넌 알아서 해. 나는 저쪽으로 갈 거야."

지수는 성큼성큼 걸어갔다. 지수 혼자 가게 둘 수는 없었다. 마지못해 지수를 따라갔다. 완만하게 내려가는 길옆으로 큰 바위가 우뚝 솟아 있었다. 바위 위는 평평했다. 지수가 바위 위로 올라갔다. 꽤나 자리가 넓었다. 지수가 바위 끝으로 바짝 다가갔다.

"와! 절벽 아래로 펼쳐진 계곡이 장난 아니게 험해."

지수는 바위 끝에서도 겁먹지 않았다. 아슬아슬하게 서서 계곡 밑을 관찰했다.

"나는 여기서 그릴래."

지수는 바위 끝에 아무렇지 않게 앉았다. 나는 높은 곳이 무섭다.

"안 무서워?"

나는 멀찌감치 떨어져서 물었다.

"뭐가 무서워? 괜찮아."

지수는 스케치북을 펼쳐 들었다. 이제부터 지수는 자신이 만나고 싶은 풍경을 만나는 시간 속으로 들어갈 것이다. 간섭하면 안 된다. 나는 바위 한가운데에 앉았다. 주변 풍경을 살폈는데, 딱히 끌리는 곳이 없었다. 조금 전에 걸어왔던 길을 돌아봤다. 나무 사이로 가늘게 난 오솔길이 나를 붙잡았다. 처음 사로잡힌 곳이 그릴 대상이다. 자만풍에서 그림을 그릴 때 원칙이 그렇다. 나는 원칙을 따랐다. 지나온 길을 살폈다.

'이게 뭐지?'

뒤통수에서 어떤 힘이 나를 잡아끌었다. 뒤돌아봤지만 지수밖에 없었다. 지수는 안정된 자세로 그림을 그리고 있었다. 처음과 달리 절벽 끝에서 살짝 물러나 앉아 있었다. 그림을 그릴 때 지수는 집중력이 대단하다. 다른 사람이 말을 걸어도 잘 듣지 못할 정도였다.

지수한테 자극을 받은 나는 다시 마음을 다잡고 길에 시선을 집중했다. 쭉쭉 뻗은 나무와 늘어선 풀잎, 바닥에서 뒹구는 작은 돌들이 눈에 들어왔다.

'이상해!'

또다시 힘이 느껴졌다. 뒤를 봤다. 아무런 변화가 없었다. 지수도 풍경도 그대로였다.

'착각인가?'

뒤통수가 뻐근했다. 머리를 세차게 흔들었다. 얼른 연필을 잡았다. 평소보다 빠르게 손을 놀렸다.

톡, 토독, 톡!

스케치북에 물이 튀었다.

하늘을 올려다봤더니 새카만 구름이 몰려들고 있었다. 삽시간에 주변이 어두워졌다.

"비 온다!"

나는 스케치 단계라 금방 짐을 챙길 수 있었는데, 지수는 물감까지 늘어놓은 상태였다. 그 사이에 빗방울이 굵어졌다. 지수가 짐을 다 챙겼을 때는 굵은 소낙비가 쏟아지고 있었다. 미술도구함을 머리 위에 우산처럼 쓰고, 바위에서 얼른 내려왔다. 왔던 길을 되돌아가려니 막막했다. 산을 올랐다가 다시 학교까지 내려가는 동안 흠뻑 젖을 것 같았다. 소나기 같으니 잠깐만 피하면 되지 않을까 싶은데, 바위 아래로 눈이 갔다. 수풀 사이에 움푹 들어간 곳이 보였다. 잠깐 소낙비를 피하기엔 좋을 것 같았다.

"지수야, 저기 좀 봐! 바위 아래가 움푹 들어갔어."

"어, 그러네. 저기면 소나기를 피하기에 적당하겠다."

나와 지수는 재빨리 바위 아래로 갔다. 가서 보니 꽤나 깊은 동굴이었다. 수풀이 우거져서 등산로에서는 동굴인지 알기 어려운 형태였다. 비를 피하기에는 더할 나위 없었다. 우리는 동굴 입구에 앉았다. 소나기가 굵은 함성을 지르며 쏟아졌다.

"이것도 추억이네."

지수가 환하게 웃었다. 나도 기분이 좋았다. 《소나기》 소설에 나오는 한 장면 같았다.

우리는 나란히 앉아 비를 보며 이야기를 나눴다. 중학교 얘기도 하고, 학교생활 얘기도 하고, 그림 이야기도 하고, 연예인 이야기도 했다. 대화 주제는 맥락이 없었고, 그게 참 정겨웠다. 잠깐 쏟아질 것 같았던 비는 꽤 오래 내렸다. 계곡에 흙탕물이 휘몰아치자 단단히 선 나무들이 휘청거렸다. 땅에 박힌 굵은 돌이 견디지 못하고 떠내려갔다.

계곡물은 점점 불어났고, 마침내 나무들은 물살에 뽑혔다. 엄청난 폭우에 계곡은 아수라장이 되었다. 두렵고 무서운 광경이었다. 다행히 동굴은 안전했다. 우리는 아무런 말도 하지 못하고 폭우로 인한 산사태를 지켜보았다.

얼마 뒤, 갑자기 비가 그쳤다. 언제 그랬냐는 듯이 맑은 햇살이 나무 사이로 파고들었다.

"색다른 경험이었다. 그치?"

지수가 싱긋 웃었다.

"솔직히 조금 무서웠어."

"그렇긴 하지만, 이런 장면을 언제 바로 앞에서 보겠어."

"영상으로 볼 때랑은 느낌이 참 달랐어."

"오늘은 이걸 그려야지."

지수가 스케치북을 폈다.

"또 비가 올지 모르는데 그냥 가는 게 낫지 않을까?"

"저걸 두고 그냥 간다고? 저 멋진 폐허를 두고?"

지수가 아수라장이 된 계곡을 가리켰다.

"설마, 너 저걸 그리려는 거야?"

"그럼, 그려야지. 이런 장면을 언제 다시 만나겠어."

지수는 성큼성큼 내려갔다.

말리고 싶었지만 그럴 틈이 없었다. 하는 수 없이 지수를 따라갔다. 지수는 뿌리째 뽑힌 나무와 돌들이 엉켜 더미를 이룬 곳에서 멈췄다.

"정말 엄청나다!"

지수는 잇달아 감탄하며 쓰러진 나무와 돌 더미를 꼼꼼하게 관찰했다. 나는 지수 옆으로 갔다. 이상하게 불길한 예감이 들었다.

"잠깐, 저게 뭐지?"

지수가 잿빛을 내는 물체를 가리켰다. 언뜻 보면 나무도 돌도 아니었다. 형태도 이상했다. 산에서 보이는 자연스러운 물체가 아니었다. 지수가 그 물체에 다가갔다.

"야, 가지 마! 그게 뭔 줄 알고."

내가 말렸지만 지수는 듣지 않았다.

지수는 그 물체에 눈을 바짝 댔다. 그러고는 손으로 만졌다.

"앗!"

뒤로 물러나던 지수가 하마터면 넘어질 뻔했다.

"왜 그래?"

나도 덩달아 놀랐다.

"뼈, 뼈야!"

"뼈라니?"

등골이 오싹해졌다.

"뼈가 맞아! 엄청나게 많아!"

"동물 뼈 아닐까?"

지수는 주변에 널린 뼈를 자세히 살폈다.

"이거, 사람 해골이야! 그것도 한두 개가 아니라……."

지수가 소리를 질렀다.

"해골?"

서늘한 기운이 온 신경을 타고 꿈틀댔다. 뒤에서 누가 사악하게 웃는 소리가 들리는 듯했다. 무서워서 뒤를 돌아보지도 못했다.

지수는 재빨리 내 쪽으로 왔다. 그러고는 전화기를 꺼냈다.

"뭐 하려고?"

"뭐 하긴, 신고해야지."

전화번호를 누르는 지수 손이 파르르 떨렸다.


그곳은 민간인학살터였다. 6.25 전쟁 때 수천 명이나 되는 민간인들이 살해된 곳이었다고 한다. 경찰이 학교로 찾아왔고, 발굴 당시 상황을 증언했다. 신문기자도 만났다. 얼마 뒤, 민관합동으로 발굴조사단이 꾸려졌다는 소식이 들렸다.

학교는 한동안 그와 연관된 수업 중심으로 돌아갔다. 어떻게 손을 썼는지 모르지만 역사 선생님도 발굴조사단에 들어갔다. 역사 선생님은 민간인학살과 관련한 수행과제를 다양하게 배치했다. 국어 선생님은 6.25 전쟁과 관련한 소설로 수업을 채웠다. 과학 선생님은 탄소연대측정법을 비롯해 과거를 추적하는 기술과 원리를 알려주었다. 김창원 선생님은 1학기 남은 수업 전체 주제를 민간인학살로 틀어버렸다. 전쟁과 학살을 주제로 한 작품을 수없이 접했다. 야만과 폭력을 고발한 작가들을 탐구했다. 디자인 실습도 모두 이와 관련한 내용이었다.

학살, 고통, 폭력, 야만, 탄압, 상처 등 마주하기 힘든 주제들과 씨름해야만 했다.

그러다 6월 초, 발굴조사단이 현장활동에 들어가면서부터는 현장에 직접 나가 수업했다. 우리는 조사를 방해하지 않는 선에서 현장을 지켜봐도 된다는 허락을 받았다. 나와 지수가 최초 발견자이기도 하고, 역사 선생님이 발굴조사단에 포함된 덕분이기도 했다. 첫 현장수업에서 김창원 선생님은 디자인과 학생들에게 창작 전시회 작품 주제를 제시했다. 창작 전시회는 미술과에서 가장 중요한 행사이자 평가 방법이었다. 해마다 학교에서 역점을 두고 진행하는 것이라 입학 직후 학교 안내를 할 때도 여러 번 강조했었다. 과제는 개인과 모둠으로 나뉘어 진행된다.

"개인과제 주제는 '감춰진 고통'이야. 주제 해석과 표현 방식은 각자 알아서 정하고, 2주 후에 선생님들이 중간점검을 할 거야. 전공 성적에서 가장 큰 비중을 차지할 과제니까 자기 실력을 있는 힘껏 쏟아붓도록."

부담스러운 과제였다. 과제가 주는 무게가 나를 짓눌렀다.

'이겨내야 해. 이겨내고 말 거야.'

마음을 다잡아도 자신감은 바닥을 벗어나지 못했다. 어릴 때부터 나는 그림을 좋아했다. 가만히 내버려 두면 곧잘 그림을 그렸다. 좋은 그림을 보면 넋을 잃었다. 책을 보면 글보다 삽화에 눈이 갔다. 자연스럽게 꿈도 그림 쪽이 되었다. 다른 건 몰라도 그림을 잘 그린다는 칭찬은 숱하게 받았다. 칭찬에 인색한 엄마도 내 그림 솜씨만은 인정했다. 자존감은 바닥이었지만 그림을 그릴 때면 온전한 내가 될 수 있었다. 그러나 예술고등학교 입시를 거치면서 자신감은 다시 열등감으로 바뀌었다.

입시에 자신 있었다. 다들 인정할 만큼 실력도 갖췄고, 중학교 내내 관련 활동도 많이 했고, 실기 시험도 잘 치렀고, 면접도 나름 잘 봤다. 합격은 당연하다고 믿었다. 결과는 내 기대를 배신했다. 나는 떨어졌다. 깊은 절망에 살아갈 힘마저 잃었다. 미술을 포기하려고 했다. 밥도 안 먹고 계속 잠만 잤다. 그러다 연락이 왔다. 한 명이 등록을 포기했단다. 혹시 등록할 뜻이 있냐고 했다. 엄마는 내게 묻지도 않고 등록을 결정했다. 그렇게 해서 나는 예술고등학교 미술과에 '꼴찌'로 들어왔다. 모든 합격생 가운데 최하위, 그게 내 위치였다. 내 실력이었다. 김창원 선생님도 내가 꼴찌로 들어온 사실을 알고 있었다. 아마 다른 선생님도 다 알 것이다.

개인과제는 내게 기회이자 위기였다. 내 실력이 꼴찌가 아님을 증명할 기회, 그러나 다시 꼴찌가 된다면 단단히 낙인찍힐 위기이기도 했다. 다시는 벗어나지 못할지도 모른다.

"모둠과제는 3인 1조로 진행해. 수행할 과제는 표지 제작이야. 발굴조사단이 1차 활동을 완료하면 관련 보고서를 작성할 텐데, 그 보고서 표지를 만드는 거지. 1등에 뽑힌 작품은 실제 발굴보고서에 사용하도록 이미 협조를 받았어. 보고서 표지로 채택되면 디자인한 학생들

이름이 보고서에 실릴 거야. 교장 선생님뿐 아니라 재단에서도 관심이 많아. 입시에도 큰 도움이 될 테니까 다들 힘껏 해봐."

1등 모둠에게 주어진 혜택은 상상 이상이었다. 물론 내가 1등이 되리란 기대는 없었다.

"모둠은 3인 1조야. 지금부터 모둠을 불러줄게."

이름이 불렸다.

"…… 4조는 김지수, 심유리, 이세화. 5조는……."

지수와 한 모둠이라니 기뻤다. 세화가 어떤 애인지는 모르지만 상관없었다. 개인과제는 걱정이지만 모둠과제는 불안하지 않았다.

"모둠과제도 개인과제와 마찬가지로 2주 후에 선생님들이 중간점검을 할 거야."

모둠이 구성된 뒤에 우리는 발굴 현장을 구경했다. 현장에 들어가지는 못해도 경계선 바깥에서는 자유롭게 구경해도 괜찮았다. 개인과제에 맞는 소재를 찾아봤지만 마음을 끄는 것이 없었다.

"지수야, 유리야! 이리 와봐."

노란 경계선에 서서 발굴 현장을 구경하는데 세화가 은밀히 불렀다.

"뭔데?"

"왜 그래?"

세화가 검지로 입술을 가렸다.

지수와 나는 조용히 세화를 따라갔다. 세화는 가파른 경사면으로 우리를 이끌었다. 험한 바위가 많아서 내려가기 힘들었다. 자칫 실수하면 크게 다칠 위험이 있었다. 따라가고 싶지 않았다. 묵묵히 따르는 지수만 아니었다면 그냥 되돌아갔을 것이다. 경사를 다 내려가자 잡풀이 우거진 곳이 나왔다. 세화는 수풀을 헤치며 나아갔다. 팔뚝이 긁혔다. 피는 안 났지만 긁힌 자국이 선명했다. 더는 참을 수 없었다. 돌아가겠다고 말하려는데 세화가 손으로 전방을 가리켰다. 그곳으로 눈길을 돌렸다.

'세상에!'

소름이 쫙 끼쳤다. 계곡 바닥에 뼈와 해골이 장작더미처럼 쌓여 있었다. 위쪽 경계선에서 보는 현장은 아무것도 아니었다. 이곳이 진짜였다. 진짜 학살 현장이었다. 발굴단은 조심스럽게 흙을 치웠고, 그럴 때마다 뼈가 늘어났다. 구덩이가 많았는데 구덩이마다 뼈와 해골이 수북했다. 저절로 구덩이를 파고 시체를 던져 넣는 장면이 떠올랐다. 썩은 고기처럼 버려지는 몸뚱이들이 보였다. 비릿한 피 냄새 위로 흙과 돌이 쏟아졌다. 파리가 끓고 까마귀가 울었다. 구역질이 나서 더는 견디지 못하고, 입을 틀어막고 도망쳤다.

하교로 왔지만 학살 현장이 머리에서 떠나지 않았다. 아무리 애써도 지워지지 않았다. 과제로 생각을 돌리려고 해봐도 쉽지 않았다. 이대로 가다가는 또 꼴찌가 될 거라는 걱정이 나를 짓눌렀다. 머리가 아팠다. 기숙사 공기가 답답했다. 헛구역질이 나왔다. 시간을 보니 저녁 식사 시간까지 여유가 있었다. 생강이 간식을 챙겨서 밖으로 나왔다.

학교 뒤편으로 갔다. 시간이 날 때면 이곳에 오던 단우가 보이지 않았다. 생강이를 불러도 오지 않아서 간식을 꺼냈다. 그동안 생강이는 간식을 꺼내면 곧바로 찾아왔었다. 어디에 있든 금방 냄새를 맡는다. 역시 이번에도 생강이가 숲에서 달려왔다. 적당한 거리에서 간식을 높이 던졌다. 생강이는 높이 뛰어올라 간식을 물었다. 간식을 하나 더 꺼냈다. 간식을 다 먹은 생강이가 꼬리를 흔들며 다가왔다. 무릎을 꿇고 가만히 간식을 주었다. 생강이가 간식을 받아먹었다. 생강이를 쓰다듬었다. 강하고 단단한 몸이었다. 생강이는 내 손길을 무시하고 먹는 데 열중했다.

"어머, 생강이네!"

난데없이 세화가 나타났다.

간식을 다 먹은 생강이가 꼬리를 힘차게 흔들었다.

"자, 여기 간식."

세화가 주머니에서 간식을 꺼내 들었다. 생강이는 재빨리 세화에게 뛰어갔다. 간식을 준 세화가 생강이를 쓰다듬었다. 생강이는 세화 손에 반응하며 친근감을 표시했다. 나에게는 단 한 번도 보여준 적 없는 반응이었다. 입맛이 씁쓸했다.

"아이고, 예뻐!"

세화는 생강이를 두 손으로 쓰다듬었다. 생강이는 꼬리를 살랑거리며 좋아했다. 주머니에 든 간식을 꺼내려다 그만두었다.

"어릴 때부터 강아지를 키웠어. 그래서 그런지 강아지들이 나를 잘

따라."

세화는 묻지도 않은 설명을 했다.

세화가 간식을 하나 더 꺼냈다. 생강이는 간식을 받아먹고는 몸이 흔들릴 만큼 세게 꼬리를 흔들었다. 그때 숲에서 풀 밟는 소리가 났다. 생강이가 숲을 향해 달리더니, 굵은 나무 앞에서 훌쩍 뛰어올랐다. 팔이 나무 뒤에서 불쑥 나왔다. 청록색 팔찌를 찬 팔이었다. 팔은 공중에 뜬 생강이를 단단히 붙잡았다. 곧이어 가슴에 생강이를 품은 단우가 나타났다.

"단우야, 안녕!"

세화가 반갑게 인사했다.

단우가 세화에게 밝은 웃음을 지어 보였다. 그 웃음도 나에게는 한 번도 보여준 적이 없는 것이었다.

"생강이랑 또 숲을 산책하고 온 거야?"

세화가 단우에게 친근하게 굴었다.

"생강이가 숲을 좋아해서."

단우 목소리가 한없이 부드러웠다. 세화는 자기 집에서 키우는 강아지 이야기를 풀어놓았다. 단우는 귀담아들으며 적절하게 대화를 나눴다. 내가 단우와 만들고 싶은 분위기였다. 나는 그렇게 애써도 안 됐는데, 세화는 아무렇지 않게 해버린다. 질투가 났다. 그 자리에 머물기 싫었다. 또다시 구역질이 났다. 입을 막고 도망치듯 벗어났다.

저녁을 먹고 기숙사 방에서 쉬는데 세화가 찾아왔다. 모둠과제를 의논하자고 했다. 세화는 지수와 다정하게 대화를 나눴다. 나와는 말을 섞지 않았다. 내게는 눈길도 주지 않았다. 세화 얼굴을 보고 있자니 피비린내가 코끝을 스치는 것 같았다. 총소리가 울렸다. 거기를 왜 데려가서……. 이래저래 세화가 원망스러웠다.

"어떻게 할지 생각해 봤어?"

나는 세화에게 지고 싶지 않았다. 그때까지 아무 생각이 없었지만 계속 침묵하기는 싫었다. 그래서 머리에 떠오르는 대로 의견을 냈다.

"내 생각에는 검은색과 흰색을 대비해서 표현하면 좋겠어. 검은색으로 감춰진 과거를 표현하고, 흰색으로 상처를 드러내는 거야."

"그거 괜찮네. 학살을 당한 분들을 검은색으로 형체만 표현하면 꽤나 상징성이 있겠어. 지워진 삶, 드러나지 않는 얼굴, 집단으로 당한 고통!"

지수가 내 의견을 반겼다. 즉흥으로 낸 의견인데 지수가 좋게 받아 주니 기분이 좋았다. 세화에게 이긴 기분이었다.

"그것도 좋긴 한데, 너무 뻔하지 않아?"

세화가 트집을 잡았다.

"검은색과 흰색은 다들 쉽게 떠올리는 색이잖아."

"그런가?"

지수가 고개를 갸웃했다.

"내 생각에는 표지에 밝은 빛깔을 많이 쓰면 좋겠어."

"밝은 빛깔로 어떻게 고통을 표현해? 그게 말이 돼?"

내가 따졌다.

"그게 바로 대비니까. 밝고 맑은 분위기를 통해 학살로 잃어버린 것이 무엇인지를 드러내는 거야. 빛깔은 밝게, 표정이나 몸짓은 학살을 당하기 직전에 느낀 공포를 표현하면 적절한 대비가 되잖아. 사실을 있는 그대로 묘사하면서, 동시에 밝은 현실 안에 감춰진 고통을 드러낼 거야."

세화는 설명도 그럴듯하게 꾸몄다. 내가 직선이라면 세화는 입체였다. 내가 괜히 꼴찌가 아니었다. 새삼 내 수준을 확인하는 듯했다. 그렇지만 그대로 수긍하기는 싫었다.

"말은 좋지만 창작 의도가 지나치게 가려지지 않을까? 해석해 주지 않으면 생뚱맞다고 평가당할지도 몰라."

"그러니까 빛깔은 밝게 하되, 표현에는 두려움과 고통을 담아야지."

세화는 가볍게 응수했다.

"지수, 네 생각은 어때?"

나는 지수가 내 편을 들어주기를 바랐다.

"나는 세화 생각이 더 끌려. 흑백 이미지도 좋지만, 세화 말처럼 뻔한 느낌이야. 다들 어두운 빛깔을 쓸 때 밝은 빛깔을 역으로 쓰면서 고통을 표현하면 더 눈에 띌 거야."

지수는 세화 편을 들었다. 나는 세화에게 졌다. 감춰진 낙인을 다시 확인했다. 감춰진 고통이 악취를 풍겼다. 패배에서 악취가 진동했다. 학살 현장에서 나는 피비린내가 겹쳤다. 깊은 계곡에서 총소리가 울리고, 붉은 총알이 내 가슴을 관통했다. 견딜 수 없는 통증이 밀려들었다. 심장이 부서지는 고통이었다. 이를 앙다물어 신음을 막았다. 진한 고통 사이로 문득 빛이 보였다. 느닷없는 생각이었다. 갑자기 개인과제를 어떻게 할지가 떠올랐다. 고통은 눈에 보이지 않는다. 소리도 없다. 만질 수도 없다. 그러나 고통은 썩은 내를 풍긴다. 아무리 가려도 냄새는 가리지 못한다. 고통은 심장을 쥐어짠다. 심장에서 피고름이 난다.

"지수 의견이 그렇다면……."

나는 모둠과제에 관한 관심을 껐다. 내가 안 해도 둘이 잘할 것이다. 내게는 개인과제가 더 중요하다. 꼴찌에서 벗어나려면 개인과제에 집중해야 한다.

기본 방향이 정해지자 논의가 빠르게 진행됐다. 세화와 지수는 신나게 의견을 나눴다. 나는 적당히 맞장구쳤다. 역할 분담도 하고 작업 계획까지 짰다. 논의가 끝나자 세화가 예상치 못한 말을 꺼냈다.

"아, 참! 나도 자만풍에 들어가고 싶은데, 괜찮을까?"

나도 모르게 안 된다는 말이 나오려고 했다.

"정말? 그럼 좋지! 안 그래도 일곱 명이라 짝이 안 맞아서 곤란한 경우가 많았거든."

지수가 반색하며 대답했다.

"와! 다행이다."

"나야 좋은데, 나 혼자 결정할 수는 없어. 다른 동아리원들이랑 의논해서 결정해야 해."

"당연히 그래야지."

"유리, 너는 어때?"

안 된다고 말할 배포는 없었다.

"나야 환영이지. 동아리 활동을 하면 모둠과제에 더 도움이 될 거야."

나는 마음과는 반대되는 소리를 했다. 속에서 쓴물이 올라오는 걸 억지로 눌렀다.


결국 세화는 자만풍에 들어왔다. 다들 세화를 반겼다. 세화는 금방 스며들더니 점점 모임을 주도했다. 작품도 뛰어났다. 세화 작품에 견주면 내 작품은 초라했다. 작품 때문에 속상하지는 않았다. 어차피 모두 나보다 잘났기 때문이다. 그보다는 지수 때문에 속이 상했다. 짝을 지어 활동할 때 지수는 세화랑 같이 움직였다. 지수를 세화에게 빼앗긴 것이다. 세화는 내게서 몽땅 빼앗아 갔다. 생강이도 단우도 지수도 모두 세화에게 빼앗겼다. 나는 늘 빼앗긴다. 나는 늘 그렇다. 행복은 잠깐이었다. 익숙한 감정이 다시 나를 지배했다.

엄마는 언니를 더 좋아한다. '더'라는 말도 정확하지 않다. 엄마는 언니'만' 좋아한다. 예전에도 그렇고 지금도 그렇다. 나는 엄마에게 사랑받기 위해 무진 애를 썼다. 물론 늘 실패였다. 엄마가 언니만 좋아하는 까닭은 지금도 모른다. 한때는 엄마가 나를 싫어하지 않는다고 착각하기도 했다. 어린 마음에 자신을 위로하려는 노력이었다. 그러다 어떤 사건을 겪으면서 현실을 자각하게 되었다.

* * *

다섯 살 때였다. 언니는 열 살이었다. 엄마가 회사에서 늦게까지 일을 했다. 잘 기억나지는 않지만 어떤 사정이 있어서 나는 엄마 회사에 있어야만 했다. 엄마는 바빴고 나는 심심했다. 엄마에게 몇 번인가 투정을 부렸다. 엄마가 귀찮아해서 미움받기 싫은 나는 혼자 버텼다. 심심해서 미칠 것 같았지만 꾹 참았다. 그러다 화장실에 갔다. 피곤했는지 화장실에서 깜박 잠이 들었다. 그런데 엄마는 나를 잊고 혼자 집에 가버렸다. 늦은 시간에 아빠가 퇴근해서 불이 꺼진 내 방을 무심코 들여다봤다고 한다. 그때까지도 엄마는 집에 내가 없다는 사실을 몰랐다. 엄마는 뒤늦게 나를 사무실에 그냥 두고 왔다는 걸 깨달았다. 엄마가 사무실로 왔다.

엄마가 사라진 뒤에야 나는 잠에서 깼다. 사무실엔 아무도 없었다. 어린 나이라 문을 열고 밖으로 나갈 줄도 몰랐다. 전화를 걸면 엄마가 귀찮아할까 봐 전화도 안 걸었다. 엄마가 나를 데리러 올 거라고 믿고, 엄마 의자 옆에 쭈그리고 앉아 기다렸다. 껌껌한 어둠이 무서웠지만 어쩔 수 없었다. 한밤중에 나타난 엄마는 다짜고짜 야단부터 쳤다. 내가 겪은 두려움은 살피지 않았다. 나는 몇 번이나 잘못했다고 빌어야만 했다. 화장실에 갈 때 말을 안 한 잘못, 혼자 남겨진 뒤에 전화하지 않은 잘못, 문을 열고 나가서 도움을 청하지 않은 잘못을 내 입으로 말해야만 했다. 그때 나는 내 잘못을 받아들였다. 딸을 깜박 잊고 가버린 엄마가 잘못했다고 생각하지 않았다. 엄마는 바쁘니까 그럴 수도 있다고 생각했다.

며칠 뒤였다. 대형 할인매장에 엄마랑 언니와 같이 갔다. 나는 엄마 뒤만 졸졸 따라다녔다. 언니는 신나게 돌아다녔다. 그러다 엄마가 언니와 나에게 잠깐 기다리라고 하고는 사라졌다. 나는 그 자리에서 기다렸다. 언니는 엄마 말을 무시하고, 그 자리를 벗어나려고 했다. 내가 말렸지만 언니는 듣지 않고 사라졌다. 10분쯤 뒤에 엄마가 나타났다. 그때까지도 언니는 돌아오지 않았다. 20분이 지나도 언니는 돌아오지 않았다. 엄마는 놀라서 언니를 찾아다녔다. 왜 언니를 안 말렸냐면서 나를 심하게 야단치기도 했다. 말렸다고 했지만 핑계 대지 말라면서 더 심하게 야단맞았다. 매장 측에 연락하자 언니를 찾는 방송이 나왔다. 그래도 언니는 바로 나타나지 않았다.

사라진 지 4시간이 지난 뒤에야 언니는 건물 바깥 구석진 골목에서 발견되었다. 나는 나한테 그랬던 것처럼 엄마가 언니를 심하게 혼낼 거라고 생각했다. 언니가 잘못했으니 당연히 그럴 거라고 믿었다. 그러나 엄마는 언니를 발견하자마자 껴안고 울었다. 심지어 엄마가 잘

못했다고 빌었다. 엄마는 언니에게 미안하다며 비싼 선물을 사주었다. 언니는 의기양양했다. 겨우 다섯 살이었지만 나는 그때 결론을 내렸다. 엄마는 나를 사랑하지 않는다고. 언니만 사랑한다고.

아빠는 나를 좋아했었다. 맞다. 좋아했었다. 과거형이다. 솔직히 내 기억이 정확한지는 모르겠다. 아무튼 기억 속 아빠는 나를 좋아했었다. 나는 '엄마'보다 '아빠'라는 말을 먼저 했다고 한다. 엄마는 늘 언니 차지여서 나는 아빠를 따랐다. 아빠와 엄마는 부부싸움을 종종 했다. 그럴 때마다 나는 속으로 아빠를 응원했다. 엄마가 사무실에 나를 두고 오기 몇 달 전으로 기억한다. 어쩌면 두 사건이 벌어진 순서가 뒤바뀐 것인지도 모르겠다. 어쨌든 둘 다 다섯 살에 일어난 사건은 맞다.

그날, 아빠와 엄마는 심하게 다퉜다. 그전에는 본 적 없는 격렬한 싸움이었다. 아빠가 갑자기 짐을 쌌다. 그러더니 언니와 나를 불렀다.

"아빠 없이도 살 수 있지?"

무서운 말이었다.

나는 격렬하게 고개를 저었다. 언니는 고개를 끄덕였다.

"그래도 살아야 해. 어쩔 수 없어."

아빠는 내 어깨를 가볍게 두드리고는 큰 가방을 들고 집을 나갔다.

아빠가 사라지고 엄마는 제정신이 아니었다. 한참 울다가 갑자기 화를 냈다. 그러다 뭐가 좋은지 웃었다. 엄마가 웃으니 기분이 풀린 줄 알았는데 조금 뒤 다시 울었다. 엄마가 어떤 감정인지 종잡을 수 없었다. 나는 눈치를 보며 내 방에서 꼼짝하지 못했다. 화장실에 가고 싶었지만 무서워서 밤새 참았다. 두렵고 무서운 날들이 끝도 없이 이어졌다.

아빠는 한 달이 지난 후 집으로 들어왔다. 그 뒤로 아빠는 완전히 달라졌다. 아빠는 마치 투명인간 같았다. 언제든지 집을 나갈 사람처럼, 없는 사람처럼 지냈다. 아빠가 그럴수록 나는 엄마가 미웠다. 나를 좋아했던 아빠를 빼앗은 엄마가 미웠다. 물론 겉으로 드러낸 적은 없었다. 아빠와 엄마가 이혼할 줄 알았는데 이제껏 산다. 관계는 예전 그 대로다. 도대체 왜 사는지 모르겠지만 두 사람은 그냥 산다.

언니는 내게서 엄마를 빼앗았다. 엄마는 내게서 아빠를 빼앗았다. 괴물 같은 엄마들은 내 편이던 단우와 단아를 빼앗아 버렸다. 그 뒤로 몇 번인가 비슷한 일이 벌어졌다. 조금이라도 나와 가까워지는 친구가 생기면 누가 빼앗아 갔다. 그럴수록 나는 그림에 매달렸다. 그림을 그릴 때면 박탈감에서 벗어날 수 있었다. 그림은 내게 유일한 안식처였다. 예술고 입시에서 실패하기 전까지는 그랬다. 다행히 예술고에 와서 지수를 만났다. 단우도 만났다. 생강이도 만났다. 새로운 세상이었다. 새로운 관계였다. 새로운 삶이 열렸다. 그런데 세화가 내 소중한 관계를 다 훔쳐 갔다. 세화가 내 삶을 망가뜨렸다. 언니처럼, 엄마처럼, 그 괴물 엄마들처럼……

그러고 보면 내 삶은 늘 피투성이였다. 피비린내를 참으며 구역질을 견디며 살았다. 시체처럼 까마귀가 내 살을 파먹어도 참았다. 검붉은 피가 발자국을 남겨도 버티며 살았다. 내 삶이 바로 학살 현장이었다. 나는 이미 처참한 시체였다.

2주 동안 중간점검에 대비해 열심히 준비했다. 나는 의견을 내지 않고, 세화와 지수가 내게 맡긴 일만 했다. 시안을 만들고, 취지와 의도를 요약한 표를 만들었다. 발표문은 세화와 지수가 썼다. 골고루 발표하라는 지시에 따라 내 몫만 외웠다. 내가 맡은 대목은 중요하지 않았다. 나는 한 단어도 틀리지 않고 그대로 외워서 말했다. 중요한 대목은 지수와 세화가 나눠서 발표했다. 당연히 질문도 지수와 세화에게 집중되었다. 나는 속으로 그 둘이, 특히 세화가 선생님들에게 심하게 까이기를 바랐다. 못된 심보란 걸 알지만 어쩔 수 없었다. 내 기대와 달리 지수와 세화는 능숙하게 답했다. 선생님들은 주제와 표현 방식이 참신하다고 칭찬했다. 부족한 점을 몇 가지 지적했지만 가볍게 지나갔다. 중간점검이 끝나고 세화와 지수는 뛸 듯이 기뻐했다. 나도 기뻐하는 척했다.

모둠과제 점검이 끝나고 개인과제 검사를 받았다. 겁이 났다. 혼자서 선생님들 질문 세례를 견딜 자신이 없었다. 도망치고 싶었다. 선생님들 앞에서 설명하는데 속이 울렁거렸다. 주저앉고 싶은 충동을 겨우 이겨냈다. 어찌어찌해서 겨우 발표를 마무리했다. 질문이 이어졌다. 제대로 답변하지 못했다. 횡설수설했다. 시안을 찢어버리고 다시 하겠다고 말하고 싶었다.

"주제를 담아내는 발상이 신선해. 시안에서도 독창성이 느껴져. 괜찮은 작품이 나오겠어."

김충원 선생님이 칭찬했다. 그러나 칭찬이 칭찬으로 들리지 않았다. 꼴찌로 들어온 나에게 용기를 주려는 의도로 들렸다. 내 예상은 틀리지 않았다.

"다만 조금 전에 질문했던 사항을 고려해서 세밀한 표현을 어떻게 할지 고민해 봐."

매서운 질책이 이어졌다. 내 표현력 부족을 꼬집는 지적이었다.

'그만두고 일반고로 갈까?'

발표를 마치고 나오며 심각하게 고민했다. 발표를 마친 학생들은 분위기가 극과 극으로 갈렸다. 심하게 질책당한 학생들 몇몇은 시안을 구겨버리고 엉엉 울기도 했다. 나도 울고 싶었다. 그렇지만 약점이 잡힐까 봐 울음을 삼켰다. 교실에 있으려니 숨이 막혔다. 밖으로 나왔다. 건물 뒤로 갔다. 나무 그늘에 앉았다. 산으로 가는 길이 눈에 들어왔다. 구불구불 길을 따라 마음이 움직였다. 정상을 지나 큰 바위로 향했다. 동굴이 나타나고, 시체 썩는 악취가 풍겼다.

'어서 와. 어서 이리 와!'

말씨가 다정했다.

'누구세요?'

발이 꿈틀거렸다.

'도와줄게. 어서 오렴.'

다리가 움직였다.

발뒤꿈치에 힘이 들어갔다.

몸을 일으키려는데 누가 어깨를 눌렀다. 산길을 향해 끌려가려던 충동도 같이 눌렀다.

"너……."

단아였다.

"안 좋아."

단아 얼굴이 불쑥 내 얼굴 앞으로 다가왔다.

"위험한 상태야."

단아 눈에서 흰빛이 번져갔다. 반발심이 꿈틀거렸다.

"네가 뭘 안다고!"

나는 단아 팔을 쳐냈다.

나는 몸을 뒤로 빼서 생글생글 웃는 얼굴에서 멀어졌다.

"요즘 생강이한테 간식도 안 준다며?"

나는 입을 꾹 다물고 단아를 노려봤다.

"생강이가 그랬어. 요즘 아예 안 보인다고."

"미친! 진짜 강아지랑 대화라도 한다는 거야, 뭐야?"

의도와 달리 말이 세게 나왔다. 거친 말투에 나도 놀랐다. 내 말투가 아니었다. 단아는 내 반응에도 아랑곳없이 자기 말을 이어 갔다.

"생강이와 가까이 지내야 한다는 내 말을 벌써 잊은 거야?"

"내가 왜 네 명령을 들어야 하는데?"

"명령이 아니라 너를 위한 조언이야."

단아는 몸을 빙그르르 돌렸다. 제자리에서 세 바퀴나 돌았다. 우아한 춤사위 같았다. 긴 머리가 허공에 나풀거렸다.

"네가 그러면 어쩔 수 없지, 뭐."

단아는 춤추듯 팔을 놀렸다.

"과거는 과거일 뿐이야. 과거에 붙잡히면 새로운 미래는 없어."

심히 거슬리는 충고였다.

"잘난 척 그만해!"

매섭게 쏘아붙였다. 단아는 더 활기차게 손을 놀렸다. 손에 두른 팔찌가 허공에 청록색을 뿌렸다.

"에효, 귀찮게 생겼네."

갑자기 몸짓을 멈춘 단아가 내게 등을 돌렸다. 단아는 가볍게 발을 놀리며 내게서 멀어졌다. 단아가 사라지자 머리가 어지러웠다. 뿌연 연기가 생각을 집어삼켰다. 주머니를 만졌다. 간식을 찾았다. 간식이 없었다. 간식이 있으면 생강이가 올 텐데……. 전에는 늘 넣고 다녔는데 언제부터 안 들고 다녔지?

'이리 와! 네게 힘을 줄 테니.'

다시 목소리가 들렸다.

안개 사이로 길이 열렸다.

'어서!'

몸이 일으켜졌다.

'어서 와!'

다리가 움직였다. 뿌연 길을 따라 걸었다. 소리가 이어지며 나를 잡아끌었다. 안개 사이로 검은 동굴이 보였다. 동굴로 들어갔다. 어두웠지만 무섭지 않았다. 도리어 어둠으로 잠길수록 편안했다. 아주 옛날에 잃어버린 품속인 듯했다. 살갗으로 따스함이 전해졌다. 내가 오랫동안 그리워하던 감촉이었다.

'잘했어.'

칭찬이 나를 웃게 했다.

희미한 안개가 어둠에서 피어올랐다. 그 안개를 향해 손을 내밀었다.

# 내 안에서 울리는 소리

04

저녁 식사 시간에 조금 늦었다. 급식을 받고 앉을 자리를 찾았다. 잔반 처리대 앞에 지수와 세화가 보였다. 둘은 한없이 다정했다. 뭐가 그리 좋은지 연신 웃어댔다. 아는 척하려다 포기하고 구석진 자리에 앉았다. 밥을 먹는 동안 점점 사람이 줄었다. 반쯤 먹었을 때 둘러보니 나를 빼면 세 명밖에 없었다. 셋은 조용히 각자 밥을 먹고 있었다. 식당 안은 어느 때보다 고요했다.

'너 그거 알아?'

말소리가 들렸다.

둘레를 살폈다. 셋은 여전히 말없이 밥을 먹고 있었다.

'뭔데?'

대화였다. 혹시 휴대전화가 켜졌나? 주머니에서 꺼내서 살폈다. 까만 유리에 얼굴이 비쳤다. 휴대전화는 아니었다.

'다른 사람에게 말하지 마.'

뚜렷하진 않지만 세화 목소리처럼 들렸다.

'내가 언제 말을 옮기는 거 봤어?'

지수 음성이었다. 잡음이 끼긴 했지만 지수 음성이 분명했다.

'걔가 꼴등으로 들어왔대.'

꼴등이라는 말에 밥을 먹던 손이 그대로 굳었다.

'합격할 때 등수는 알려주지 않았잖아.'

숟가락에 있던 국물이 식판으로 떨어졌다.

'그게 한 명이 등록을 포기했는데, 유리가 추가로 등록했다잖아.'

세화가 도대체 그 비밀을 어떻게 알지? 둘이 나누는 대화가 왜 내 귀에 들리는 거지?

'아! 그래서 꼴…….'

거기서 소리가 끊겼다. 가만히 멈춘 상태로 다시 들리기를 기다렸지만 더는 아무 소리도 들리지 않았다. 어찌 된 일인지 짐작조차 할 수 없었다. 환청인지 진짜인지도 헷갈렸다. 늦게까지 밥을 먹던 세 사람이 일어나는 소리에 정신을 차렸다. 식판에 음식이 아직 많이 남아 있었다.

'환청이었을 거야. 둘이 나누는 대화가 내게 들릴 리 없어.'

다시 밥을 먹었다. 머리가 뒤죽박죽이어서 맛이 느껴지지 않았다.

밥을 거의 다 먹을 때쯤 또다시 소리가 들렸다.

'사람은 모두…… 한 사람도 빠짐없이…… 감옥에 갇혀…… 산……
다.'

단어가 띄엄띄엄 들렸다. 김충원 선생님 목소리 같았다. 재빨리 식
당을 살폈다. 김충원 선생님은 없었다. 휴대전화 화면은 여전히 검은
색이었다.

'그 감옥이 무엇이냐? 바로 생각이라는 감옥이다.'

말투도 억양도 영락없이 김충원 선생님이었다. 수업시간도 아닌데
김충원 선생님 목소리가 왜 들린단 말인가?

'예술가에게 이 감옥은 끔찍한 장벽이지.'

흐릿하던 목소리가 점점 뚜렷해졌다. 의심할 여지 없는 김충원 선
생님이었다.

'자신을 시선 바깥으로 빼내야 한다. 나를 잃어야 내가 보인다. 내
안에 갇혀서는 나를 제대로 모른다. 나를 초월해야 한다. 예술이란 나
에게서 벗어나는 작업이다. 그리하여 마침내 내가 모르는 나를 알아
가는 과정이다.'

이해할 수 없는 현상이었다. 왈칵 공포가 밀려들었다. 귀를 두 손으
로 막았다.

'결국 돌고 돌아 자신이다. 예술은 결국 나를 알기 위한 것이다. 나
를 알기 위해 나를 벗어나야 하는 숙명을 안고 사는 존재가 예술가다.'

밥이 남았지만 일어섰다. 반납대에 식판을 던지듯 놓았다. 물도 마

시지 않고 급식실을 급하게 벗어났다. 그제야 더는 소리가 들리지 않았다.

밤늦게까지 잠들지 못했다. 내 정신에 이상이 생겼다는 걱정을 떨칠 수 없었다. 인터넷으로 검색해 보니 환청은 정신이 이상하다는 징조였다. 환청이 들릴 만큼 내 정신이 심각한 상태일까?

다음 날 아침, 햇살이 잠을 깨웠다. 불안에 시달리다 늦게 잔 탓에 머리가 멍했다. 아침이 되었지만 불길함은 가시지 않았다. 아침 햇살이 만드는 그림자가 진했다. 햇살이 싫었다. 얼른 블라인드를 내렸다. 침대 귀퉁이에 앉았다. 두 손으로 얼굴을 가렸다. 별일 없을 거라고 되뇌었다. 괜찮을 거라고 나를 다독였다. 내가 그러는 사이에 지수는 먼저 나갔다. 여느 때 같으면 나를 챙겼을 지수였다. 새삼 지수와 나 사이가 멀어졌다는 걸 느꼈다. 손을 얼굴에서 떼고 일어났다. 밥 먹기 싫었지만 굶을 수는 없었다.

고개를 푹 숙이고 터덜터덜 걸었다. 이대로 도망치고 싶었다. 아무래도 이 학교를 끝까지 다니지 못할 듯했다. 밥 냄새가 났다. 갑자기 허기가 지면서 사라졌던 식욕이 생겼다. 헛웃음이 나왔다. 이런 상황에서도 내 위장은 정직했다.

"…… 꼴등으로……."

세화였다. 급식실로 꺾어진 복도에서 들리는 소리였다. 세화 목소리보다 '꼴등'이라는 단어가 가시가 되어 찔렀다. 어제 급식실에서 들렸던 목소리가 생각났다. 환청인 줄 알았는데 실제로 들리다니, 어떻게 된 일인지 종잡을 수 없었다.

"합격할 때 등수는 알려주지 않았잖아."

세화 말을 지수가 받았다. 어제 이미 들었던 대화가 실제로 들리고 있었다. 설마 그다음 대화도 그대로 이어질까? 내가 추가 등록자임을 세화가 말할까?

"그게 한 명이 등록을 포기했는데, 유리가 추가로 등록했다잖아."

믿기 힘들었다. 어제 들렸던 대화가 오늘 그대로 일어나는 현실을 믿을 수 없었다.

"아! 그래서 꼴등이라고 한 거구나."

보이진 않았지만 지수가 나를 비웃는 표정이 보이는 듯했다.

모욕감에 이가 덜덜 떨렸다. 더는 걸을 수 없었다. 숨소리를 죽이며 몸을 돌렸다. 들킬까 봐 발소리마저 죽이며 기숙사로 돌아왔다. 걷는 내내 꼴등이라는 비웃음이 귀에서 웅웅거렸다. 기숙사로 돌아온 뒤에 교복을 입고 가방을 챙겼다. 지수와 방에서 마주치기 싫었다. 꼴도 보기 싫었다. 바로 교실로 갔다. 교실에는 아무도 없었다. 텅 빈 교실이 내 존재 같았다.

방금 내가 들은 대화는 환청일까, 진짜일까? 세화와 지수가 정말 그런 대화를 나눴을까? 사실이라면 세화는 어떻게 그 사실을 알았을까? 선생님들이 얘기해 줬을 리 없을 텐데. 세화가 우연히 그 사실을 알게 됐을까? 모르겠다. 아무것도 확실하지 않았다. 머리에 뿌연 안개가 끼었다.

3교시가 되자 안개가 조금 걷혔다. 디자인과 전공수업이었다. 김충원 선생님이 들어왔다. 어제 들렸던 말이 떠올랐다. 손에 힘이 들어갔다. 어제 들렸던 말을 김충원 선생님이 실제로 그대로 할까? 정말 그렇게 된다면 나는 이 상황을 어떻게 해석해야 하는 걸까?

나는 김충원 선생님이 하는 말을 하나도 빠짐없이 들었다. 혹시라도 어제 들렸던 말이 들릴까 봐 최대한 집중했다. 다행히 그런 일은 벌어지지 않았다. 4교시까지 이어진 전공수업이 10분 남았을 때까지도 비슷한 말조차 없었다. 점점 긴장이 풀어졌다. 머리도 맑아지며 아침에 들었던 대화가 환청일 가능성이 크다는 생각이 들었다. 아무래도 요즘 내가 피곤이 쌓이고, 세화를 싫어하는 심정이 합쳐지면서 엉뚱한 상상을 한 것이라는 결론을 내렸다.

"사람은 모두, 한 사람도 빠짐없이 감옥에 갇혀 산다."

귀가 경련을 일으켰다.

"그 감옥이 무엇이냐? 바로 생각이라는 감옥이다."

말투도 억양도 어제 들었던 그대로였다.

"예술가에게 이 감옥은 끔찍한 장벽이지."

소름이 돋았다. 심장이 빠르게 뛰었다. 손에 땀이 흘렀다. 의심할 여지가 없었다. 어제 들렸던 말은 진짜였다.

"자신을 시선 바깥으로 빼내야 한다. 나를 잃어야 내가 보인다. 내 안에 갇혀서는 나를 제대로 모른다. 나를 초월해야 한다. 예술이란 나에게서 벗어나는 작업이다. 그리하여 마침내 내가 모르는 나를 알아가는 과정이다."

표현 하나, 조사 하나 다르지 않았다.

"결국 돌고 돌아 자신이다. 예술은 결국 나를 알기 위한 것이다. 나를 알기 위해 나를 벗어나야 하는 숙명을 안고 사는 존재가 예술가다."

어제 내가 들었던 말이 그대로 재생되었다.

"근대 화가들은 신이 보는 세상이 아니라 내가 보는 세상을 그리려고 격렬한 투쟁을 벌였다. 힘겨운 투쟁 끝에 화가들은 자기 시선으로 세상을 보는 자유를 얻었다. 이는 엄청난 발전이다. 그러나 자유는 곧바로 감옥이 되었다. 왜냐하면 자기 시선이야말로 가장 강력한 감옥이기 때문이다. 자기 생각이라는 틀에 갇히면서 예술은 또다시 자유를 잃고 자기 시선을 절대화하는 만용에 빠져들었다. 자유로움은 예술을 이루는 혼이며, 자유 없는 예술은 그저 흉내일 뿐이다. 자기 자신에게서 벗어나는 것이야말로 이 시대 예술가에게 주어진 가장 중요한 과제다."

수업이 끝났다. 다들 밥을 먹으러 가는데, 나는 한동안 움직이지 못했다. 오늘 벌어질 일들이 어제 들렸다. 다르게 생각할 여지는 없었다. 머리가 뒤죽박죽이었다. 배가 고프지 않았다면 5교시가 될 때까지 그대로 있었을지도 모른다. 점심까지 굶을 수는 없어서 억지로 식당으로 갔다. 이번에도 식당에는 몇 명 남아 있지 않았다. 어제와 같은 자리에 앉아서 밥을 먹었다. 혹시나 이상한 소리가 들리지 않는지 신경을 곤두세우느라 밥 먹는 속도가 느려졌다. 밥을 반쯤 먹었을 때였다.

'원색이 유치하지 않아?'

또다시 세화였다.

'더 선명하게 보이게 하려……'

내 목소리! 내 목소리가 들렸다.

'이건 디자인이 아니잖아?'

깔보는 기색이 역력했다.

'나는 원색이 좋아.'

궁색하게 변명하는 내가 처량했다.

'김충원 선생님이 그랬잖아. 갇히지 말라고. 자유로움은 예술가에게 혼이라고.'

잘난 척하는 세화가 꼴 보기 싫었다.

'그게, 그……'

말이 어린애 웅얼거림처럼 입 밖으로 나가지 못했다. 주눅 든 속내가 선명하게 느껴졌다.

'내가 조금 심한 소리 한다고 속상할지도 모르지만, 뻔한 디자인에 갇히지 말자는 활동 목적은 잊지 않으면 좋겠어.'

"탁!"

네까짓 게 잘나면 얼마나 잘났다고! 밥을 먹던 수저를 나도 모르게 식탁에 내려쳤다. 몇 사람이 나를 쳐다봤다. 얼른 모른 척하고 다시 밥을 먹었다. 말소리가 더는 들리지 않았다. 내 심장은 모멸감으로 부글부글 끓었다.

밥을 어떻게 먹는지도 모르게 먹었다. 식판을 들고 자리에서 일어났다. 식당에는 아무도 없었다. 그때 또다시 목소리가 들렸다. 이번에는 홍석기 선생님이었다.

'너희들 가운데 이 빛이 의미하는 바를 제대로 해석하는 사람이 한 명도 없단 말이야?'

홍석기 선생님은 답답해했다.

'〈Nighthawks〉에 담긴 이 빛도 제대로 해석하지 못하면서 어떻게 예술을 하고 디자인을 하겠다는 거야?'

매서운 질책이 이어졌다. 나이트호크, 그게 뭐지?

'김승옥 작가가 쓴 《서울, 1964년 겨울》이라는 작품을 읽어본 적이 없어? …… 어처구니가 없군. 이런 작품도 읽지 않고 도대체 어떻게 ……'

잠깐 침묵이 이어졌다. 나는 빈 식판을 들고 제자리에 가만히 서 있었다.

'대도시는 고독한 공간이야. 콘크리트가 벽을 가르고 사람들은 서로에게 완벽한 타인이지. 그게 도시야. 늘 수많은 사람과 부딪치지만 아무도 나와 깊은 관계는 없어. 아픔에 공감하지 못하고, 작은 연민조차 혹시 모를 상처가 걱정되어 재빨리 거둬들여야만 하는 불안은 도시를 지배하는 공기야. 에드워드 호퍼가 그린 〈Nighthawks〉는 바로 그런 고독한 순간을 표현하는 그림이지. 호퍼가 그려낸 고독은 단순히 대도시에서 느끼는 소외감이 아니야. 이 그림의 핵심은 어둠이 아니라 빛이야. 화려함도 아니고 밝음도 아니야. 여기에 담긴 빛은 모든 사물, 현상, 인물에 어울리지 않게 밝아. 그 밝음이야말로 대도시에서 늦은 밤을 지새우는 사람들이 처한 마음과 소외를 드러내는 역설이야. 밝음이 지나치면 어둠보다 고독해져.'

문득 아침 햇살이 떠올랐다. 고통 속에 맞이한 아침 햇살은 희망보다는 절망이었다. 차라리 그림자가 내게는 위로였다.

'더는 강렬하기 어려운 밝음은 이 카페 안에 있는 모든 사람을 무방비 상태로 노출시켜. 자신을 보호하려고 애쓰지만 빛은 무자비하게 진실을 드러내지. 화려하지만 고독하고, 무수히 많은 이들을 만나지만 외롭고, 꿈을 좇지만 허망한 존재들을 날것 그대로 드러내. 낮이면 그 고독이 태양빛에 가려지겠지만, 밤이기에 감출 수 없어.'

〈Nighthawks〉는 바로 나를 표현한 그림이었다. 내가 바로 Nighthawks였다.

'호퍼는 이 그림에서 고독과 갈망을 동시에 드러내. 고독은 인간이 자유롭지 못하게 막아. 그렇지만 고독해야만 인간은 진정으로 자유로워져. 이 모순은 인간이 살아가는 동안 내내 안고 살아가야 할 숙명이야.'

숙명이라는 낱말을 끝으로 홍석기 선생님 목소리가 끊어졌다.

"세화, 원색, 에드워드 호퍼, Nighthawks. 고독, 빛, 역설……"

나는 그 자리에서 몇 번이나 이 낱말들을 중얼거렸다.

그날 저녁, 나는 에드워드 호퍼가 그린 〈Nighthawks〉를 찾아서 공부했다. 혹시 몰라 호퍼가 그린 다른 그림도 봤고, 그에 대한 평가도 모조리 읽었다. 김승옥 작가가 쓴 《서울, 1964년 겨울》도 찾아서 읽고, 해설도 찾아봤다. 마치 시험기간인 것처럼 공부했다.

그다음 날, 3교시 전공수업에 홍석기 선생님이 들어왔다. 선생님은 가볍게 분위기를 풀더니 큰 TV 화면으로 그림 몇 점을 보여줬다. 모두 호퍼의 작품들이었고, 당연히 어젯밤 내가 인터넷으로 이미 찾아본 것들이었다. 선생님은 작품을 하나씩 짚으며 이미 내가 아는 설명을 이어 갔다. 마침내 〈Nighthawks〉가 화면에 떴다. 작품에 담긴 의미를 설명하던 선생님은 그림 속 밝은 빛을 가리키며 질문을 했다.

"이 빛을 봐. 유난히 밝아. 누가 이 빛에 담긴 의미를 해석할 수 있겠니?"

아무도 대답하지 않았다.

"너희들 가운데 이 빛이 의미하는 바를 제대로 해석하는 사람이 한 명도 없단 말이야?"

마침내, 내가 들었던 바로 그 말이 홍석기 선생님 입에서 나왔다.

"〈Nighthawks〉에 담긴 이 빛도 제대로 해석하지 못하면서 어떻게 예술을 하고 디자인을 하겠다는 거야?"

매서운 질책이었다. 나는 심호흡을 했다.

"김승옥 작가가 쓴……."

나는 그 순간에 손을 들었다. 선생님은 말을 멈추고 나를 지목했다. 나는 자연스럽게 보이도록 애쓰며 일어났다. 모든 시선이 나에게 쏠리는 게 느껴졌다.

"대도시는 고독한 공간입니다. 콘크리트가 벽을 가르는 공간에서 사람들은 완벽한 타인이 됩니다. 김승옥 작가가 쓴 《서울, 1964년 겨울》은 도시화가 진행되면서 한국 사회가 그 이전에는 경험하지 못했던 고독한 자아를 표현한 작품입니다. 이 작품 마지막에 개미가 등장하는데, 제 생각으로는 이 개미가 〈Nighthawks〉에 표현된 빛과 같은 상징이라고 생각합니다."

나는 일단 말을 멈췄다. 선생님이 질문할 시간을 주기 위해서였다.

"왜 그렇지?"

선생님이 팔짱을 끼며 물었다.

"작품에 등장하는 사내가 죽은 뒤에 '나'가 여관을 나가려는데 개미가 보입니다. '나'는 개미를 피합니다. 개미는 양심이고 고독이고 어쩌면 '나' 자신입니다. 〈Nighthawks〉에서 빛은 모든 사물, 현상, 인물에 어울리지 않게 밝습니다. 그 밝음이야말로 대도시에서 늦은 밤을 지새우는 사람들의 마음과 처지를 드러내는 역설로 보입니다. 밝음이 지나치면 어둠보다 고독해지기 때문입니다. 더 강렬해지기 어려울 만큼 밝은 빛은 카페 안에 있는 모든 사람을 무방비 상태로 노출시키는 방법으로, 고독하고 허망한 존재임을 드러냅니다.《서울, 1964년 겨울》에 등장하는 개미 역시 '나'가 얼마나 보잘것없고 양심이 무뎌졌는지를 드러내는 상징입니다. 그래서 〈Nighthawks〉에 보이는 빛과 이 개미는 같다고 생각합니다."

나는 답변을 끝내고 앉았다.

"혹시, 호퍼에 대해서 미리 공부한 적이 있나?"

선생님이 잔뜩 의심스러워하며 물었다.

"아닙니다. 어제 아침에 환한 아침 해를 맞으며 일어나는데 묘하게도 외로움을 느꼈습니다. 빛이 환하니 더욱 고독해진 기분이었습니다. 선생님이 환한 빛이라고 하자 그 기억이 떠올랐습니다.《서울, 1964년 겨울》은 예전에 읽었습니다. 소설 속 개미가 마치 저 같아서 서글프다고 생각한 적이 있습니다."

나는 의심을 받을 때를 대비해 마련한 답변을 차분하게 꺼내놓았다.

짝, 짝, 짝!

선생님이 팔짱을 풀며 손뼉을 쳤다.

"대단하군! 일상을 통해 예술에 담긴 상징성을 읽어내다니⋯⋯."

내가 이제껏 본 선생님들 표정 중 가장 밝고 기대에 찬 표정이 나를 향하고 있었다.

"내가 설명을 덧붙이면 사족이 될 만큼 완벽한 설명이었어. 이름이 유리라고 했던가?"

"네, 심유리입니다."

"역시 입학시험은 예술가가 지닌 재능을 평가하기에 적절한 방식이 아니야."

선생님은 빙그레 웃으며 고개를 끄덕였다.

나는 그 말이 뜻하는 바를 바로 알아차렸다. 입학 때 꼴찌로 들어온 것을 두고 한 말이었다. 나는 세화를 봤다. 아무렇지 않은 척하는 옆얼굴이 눈에 들어왔다. 내색하진 않지만 아마 깜짝 놀랐을 것이다. 콧대를 꺾어준 듯해서 기분이 매우 좋았다.

'다시는 나를 무시하지 못하겠지.'

그날 오후, 자만풍 활동 시간에 학교 본관 앞으로 가서 꽃을 그렸다. 원색을 뽐내는 꽃이었다. 스케치하고 색을 칠하려던 나는 어제 들렸던 말을 떠올렸다. 세화는 내가 쓴 색을 두고 심한 비난을 쏟아냈다. 그래서 색을 고를 때 세심한 주의를 기울였다. 원색을 택하려는 충동을 누르고 자연스러운 색을 만들어서 칠했다. 그림을 완성하고 서로 평가해 줄 때 아무도 내 그림을 두고 나쁜 말을 하지 않았다. 잘난 세화도 내 그림에서 단점을 찾지 못했다.

어둠으로 떨어지던 삶이 갑자기 빛으로 물들었다. 정신이상으로 여겼던 현상은 내게 축복이었다.

소리는 그 뒤로도 계속 들렸다. 나는 점점 선생님들에게 인정받게 되었다. 수업을 예측해 미리 준비했고, 시험도 미리 준비했다. 그렇다고 빛만 가득하지는 않았다. 세화는 갈수록 다른 애들과 내 흉을 자주 봤다. 지수는 점점 나를 멀리했다. 같은 방에 있으면서 대화도 나누지 않았다. 모두 세화 때문이었다. 모둠과제를 할 때면 아예 나를 빼고 둘이 다 했다. 아예 없는 사람처럼 취급했다. 자만풍 애들은 다들 세화와 친해졌다. 세화가 모둠을 주도했고, 주제와 가는 곳도 세화가 정했다. 학교 수업에서는 인정받았지만, 나머지 삶은 다 엉망이 되었다. 세화가 험담하는 소리가 환청으로 계속 들렸다. 직접 들은 적은 없지만, 돌아가는 꼴을 보면 세화가 나를 고립시키는 주범이었다. 세화를 향한 미움은 점점 커졌다.

나는 세화가 미웠지만 다른 애들은 세화를 좋아했다. 생강이는 아예 다가오지도 않았다. 간식을 들고 가도 나에게 오지 않았다. 그 반면에 세화에게는 꼬리를 흔들며 다가갔다. 심지어 간식을 주지 않아도 세화에게 가서 애교를 부렸다. 다른 애들은 다가오기만 해도 경계하면서 세화에겐 모든 걸 허락했다. 단우도 세화와 자주 이야기를 나눴다. 일반 교과수업 시간에 단우는 늘 칼을 만들었는데, 세화가 말을 걸면 작업을 멈추고 대화를 나눴다. 우연히, 아주 우연히 본 장면인데, 심지어 자기가 만든 칼을 세화에게 주기도 했다. 저 모든 게 원래 내가 차지할 자리였다. 세화만 없었다면 모두 내가 누릴 행복이었다. 세화는 내 인생에 찾아든 악몽이었다.

어느 날 밤, 캄캄한 기숙사 방에서 나는 깊은 고독에 빠졌다. 견딜 수 없는 외로움에 눈물이 났다. 지수에게 들킬까 봐 소리 내어 울지도 못했다. 긴 밤이 한없는 슬픔으로 채워졌다. 한숨도 못 자고 아침 해를 맞았다. 퉁퉁 부은 얼굴을 지수에게 들키기 싫어서 이불을 뒤집어썼다. 지수는 나를 깨우지도 않고 아침밥을 먹으러 가버렸다.

지수가 나가자 설움이 더 크게 밀려들었다. 소리 내어 울고 싶었지만 복도를 지나가는 애들에게 들킬까 봐 턱이 저릴 만큼 이를 악물고 울음을 틀어막았다. 그러나 눌러도 눌러도 새어 나오는 눈물만은 막을 수가 없었다. 호퍼가 맞았다. 밝음은 도리어 어둠을 드러낸다. 어둠 속에 숨어 있으면 내 어둠이 드러나지 않는데, 빛으로 나오니 내 어둠이 속속들이 드러난다. 〈Nighthawks〉 안에 있는 고독한 사람이 바로 나였다. 내가 바로 개미였다.

모든 게 세화 때문이다. 세화가 밉다. 아니 증오한다.

'도와줄까?'

낯선 목소리였다.

"누구세요?"

이불 밖으로 얼굴을 내밀었다. 방에는 아무도 없었다.

'누구세요가 아니라 「누」다.'

무슨 말인지 이해하지 못했다.

"누구신데……."

'나는 「누」다. 나는 네 안에 있다.'

"무슨 말씀이신지……."

'나는 네 안에서 들리는 목소리다.'

"그럼, 저에게 내일 일어날 일을 들려주는……."

'내가 들려주는 것이 아니다. 네가 듣는 것이다.'

점점 혼란스러워졌다.

'당장 이해하려고 하지 마라. 시간이 지나면 차츰 이해할 수 있을 것이다.
이제 내 물음에 대답해라.'

"뭐라고 물으셨죠?"

'도와줄까 하고 물었다.'

"뭘 도와주신다는 거죠?"

'네가 지금 간절히 바라는 것.'

"그게 뭔데요?"

'밤새 서러워 했으면서 아직도 자신이 원하는 걸 모른단 말인가?'

"설마……."

'설마가 아니다.'

"정말 도와줄 수 있으세요?"

'물론이다. 아주 간단하지.'

간단하다는 말이 의심스러웠다.

'다시 묻는다. 도와줄까?'

"정말 간단한가요?"

'그동안 수없이 확인했으면서도 아직도 의심이 드나?'

책망을 들으니 주눅이 들었다.

'간단하다. 다시 묻는다. 도와줄까?'

간단하다면 도움을 거절할 이유가 없었다.

"네, 도와주세요."

'정확히 말해라. 내가 무엇을 도와주어야 하는지를.'

나는 침을 꿀꺽 삼켰다. 햇살이 눈으로 들어왔다. 밝은 햇살이 싫었다. 내 어둠을 드러내는 저 햇살이 싫었다.

"세화를 혼내주세요. 다시는 내 앞에서 잘난 척할 수 없도록."

「누」가 네 소원을 접수한다.'

뭔지 모를 사악한 기운이 느껴졌다. 그렇지만 그 순간에는 그게 그리 중요하지 않았다.

'이번 주 토요일에 아빠 사무실에 따라가라.'

"그게 무슨 말씀이세요? 당신이 뭘 해주는 게 아닌가요?"

'나는 네 안에 있고, 이 일은 네 일이다. 그리고 네가 할 일은 아주 간단하다.'

「누」는 또다시 간단하다는 말을 강조했다.

"아빠는 토요일이면 늘 골프 치러 가거나 낚시하러 가요. 집에 있지 않아요. 엄마랑 사이가 틀어진 뒤로 그렇게 지낸 지 오래됐어요."

'아니다. 이번 주 토요일에는 사무실에 간다. 반드시 따라가라.'

"왜 가야 하죠? 사무실에 따라가기만 하면 되는 건가요?"

'가보면 안다. 복잡하지 않다. 간단하다.'

"토요일에는 자만풍 모임도 있어요."

「누」는 답변하지 않았다.

"자만풍 모임에는 빠지고 싶지 않아요."

여전히 「누」는 답변하지 않았다.

한참 기다렸지만 다시 「누」가 말을 걸지는 않았다.

나는 침대에서 일어났다. 왜 아빠를 따라가라고 하는지는 모르지만 「누」가 시키는 대로 하기로 했다. 안 되면 그만이고, 말처럼 간단하다면 그냥 하면 될 일이었다. 다행히 자만풍 활동을 할 곳이 아빠 사무실에서 그리 멀지 않았다. 아빠 사무실에 갔다가 자문풍 모임에 참석하면 될 것이다.

「누」가 말한 대로였다. 토요일 아침인데 아빠는 사무실에 간다고 했다. 양복을 갖춰 입고 나오는 아빠에게 오랜만에 말을 걸었다. 아빠가 나를 봤다. 표정에서 감정이 느껴지지 않았다. 이유를 물어주길 바랐다. 물론 아빠가 그럴 리 없었다. 아빠는 메마른 눈으로 내가 말하길 기다렸다. 어색한 침묵이 흘렀다. 아무것도 아니라며 피하고 싶었다. 거미 여러 마리가 피부 곳곳을 기어 다니는 것 같은 기분이 들었다. 꾹 참고 해야 할 말을 했다.

"시내에서 동아리 활동하는데, 아빠 사무실에서 기다렸다가 가려고."

아빠는 된다 안 된다 말없이 현관을 나섰다. 나는 그냥 따라갔다. 거절하지 않았으니 허락으로 받아들였다. 자동차 뒷좌석에 앉았다. 차를 타고 가는 내내 대화는 없었다. 엄마와 싸우고 나간 날이 다시 떠올랐다. 왜 그리 싸웠는지 아직도 모른다. 더없이 다정하던 아빠는 그 뒤로 다른 사람이 돼버렸다. 아빠는 집에서 없는 사람이었다. 돈만 벌어오고 아무런 대화를 하지 않았다. 같이 밥도 먹지 않았다. 엄마보다 아빠를 훨씬 좋아했던 나는 아빠가 엄마와 헤어지기를 바랐다. 엄마와 헤어지면 아빠가 다시 예전 모습으로 돌아오리라 믿었다. 기대와 달리 아빠는 엄마와 헤어지지 않았다. 이미 남남이면서 왜 같이 사는지 모르겠지만, 남보다 못한 사이로 계속 살았다. 부질없는 짓이었다. 그리워한다고 돌아올 옛날이 아니었다. 내 어릴 적 아빠는 사라지고 없었다.

사무실에 와서도 아빠는 내게 말을 걸지 않았다. 소파에 멍하니 앉아 있었다. 잠시 뒤 양복을 차려입은 의뢰인들이 들어왔다. 아빠는 환하게 웃으며 그들을 맞이했다. 오랫동안 본 적 없는 표정이었다. 아빠는 그들과 함께 상담실로 들어갔다.

'변호사 심현보'라고 쓰여 있는 명패에 유난히 눈이 갔다. 이름이 낯설었다. 사무실 곳곳을 채운 서류와 법률 서적들이 내뿜는 낯선 느낌에 숨이 막혔다. 머리가 몽롱해지고 가슴이 답답했다. 주먹을 꽉 쥐었다.


'이제 뭘 어떻게 해야 하지?'

속으로 생각을 떠올렸는데 다시 「누」가 하는 말이 울렸다.

'이제 알려주겠다.'

"내가 여기서 뭘 해야 하죠?"

'나는 곧 너다. 이제부터 편하게 말해도 된다.'

"내가 여기서 뭘 하면 돼?"

나는 반말로 「누」에게 물었다.

'일어나라.'

나는 「누」가 시키는 대로 일어났다.

'파란 서류철이 있는 곳으로 가라.'

바닥부터 천장까지 꽂힌 수많은 서류에 위압감을 느꼈다.

'오른쪽에서 다섯 번째, 아래에서 세 번째 칸에 있는 서랍을 열어라. 왼쪽에서 일곱 번째에 있는 서류를 꺼내라.'

서류를 꺼냈다.

"이주형 성범죄 고발사건. 이걸 왜?"

'읽어라.'

역시 지시를 따랐다. 법률 용어가 많았지만 사건을 이해하기는 어렵지 않았다. '이주형'이라는 사람이 자기 여직원을 성폭행한 혐의로 고발당한 사건으로 아빠가 그 변호사였다. 1심에서 증거불충분으로 무죄 판결을 받았고, 검사 측이 항고하지 않아 재판은 거기서 끝났다. 아빠가 처리한 수많은 사건 가운데 하나였다.

"이제 어떻게 해?"

'사진을 찍어라.'

"사진을 찍어서 어쩌란 거야?"

'주소와 사진, 신상정보 등을 찍어라.'

"이거 외부로 유출하면 안 될 텐데……. 아빠가 싫어하실 거야. 문제가 될 수도 있고."

'괜찮다.'

"그렇지만……."

'세화를 혼내주고 싶지 않나?'

물론 그러고 싶다.

'다시는 잘난 척하지 못하도록 만들고 싶지 않나?'

나는 종이 한 장 한 장을 넘기며 모조리 사진을 찍었다. 사진을 다 찍고는 서류를 제자리에 두었다.

아빠는 점심을 주문했다. 내가 먹고 싶은 걸 물어보지도 않고 그냥 시켰다. 아빠는 의뢰인들과 같이 먹고, 나는 혼자 먹었다. 점심을 다 먹고 나올 때까지 아빠는 내게 말 한마디 걸지 않았다. 건물에서 나와 멍하니 간판을 보았다.

'심현보 법률 사무소'

언제쯤 아빠가 아빠 자리로 돌아올까? 돌아올 수는 있을까? 어쩌면 영원히 사라져 버린 걸까? 어린 시절 내 아빠는…….

쓸데없는 잡념이다. 잡념을 털어내고 자만풍이 모이기로 한 곳으로 갔다. 미리 와 있던 애들과 인사했다. 잠시 후, 고급 승용차가 조금 떨어진 곳에 섰다. 차에서 세화가 내렸다. 세화는 차를 향해 손을 흔들며 뛰어왔다.

"세화야, 이거 가져가야지."

운전석 쪽 문이 열리며 중년 남자가 가방을 들고 나왔다.

'얼굴이 낯익은데⋯⋯.'

분명히 봤는데 기억나지 않았다.

"어휴, 내 정신 좀 봐."

세화가 자기 머리를 쥐어박으며 낄낄거렸다.

'사진을 봐.'

「누」가 말했다.

얼른 휴대전화를 꺼냈다.

중년 남자는 가방을 들고 세화에게 왔다.

"아빠! 고마워."

세화가 다정하게 말했다. 중년 남자가 다정한 표정을 지었다. 그 옛날 아빠 얼굴에서 숱하게 보았던 표정이었다. 중년 남자가 세화에게 가방을 건넸다.

"내가 자꾸 깜박깜박하네."

세화가 가방을 건네받았다.

사진을 확인했다.

"그래서 아빠가 있는 거지."

사랑이 가득 담긴 말이었다.

사건 기록 속, 남자 얼굴이 찍힌 사진을 열었다.

'이런, 똑같잖아!'

하마터면 휴대전화를 떨어뜨릴 뻔했다. 맙소사! 이세화 아빠가 이주형이라니, 성폭력범으로 재판까지 받은 사람이 이세화 아빠라니…….

"끝나면 연락해."

세화 아빠가 세화 어깨를 다정하게 다독였다.

'뭐 하나? 빨리 찍어라.'

「누」가 다그쳤다.

나는 재빨리 세화 아빠를 찍었다. 제대로 초점을 맞추지도 않고 연속 촬영을 했다. 들킬까 봐 걱정했지만 다행히 나를 눈여겨보는 사람은 없었다. 세화 아빠가 사라지고 나는 사진을 확인했다. 얼굴이 제대로 나온 사진과 아빠 사무실에서 나온 사진을 다시 비교해 보았다. 느낌은 다르지만 같은 사람이라는 걸 확인하기는 어렵지 않았다.

'이제 어떻게 할지 알겠지?'

「누」가 말했다.

'무죄를 받았잖아.'

'쯧쯧, 그러니까 네가 문제야.'

휴대전화를 쥔 손에 힘이 들어갔다.

'그렇게 순진하게 구니까 늘 빼앗기고 짓밟히지.'

검은 과거가 지렁이처럼 꿈틀거렸다.

'사실은 얼마든지 바뀌는 법이야.'

'내가 어떻게 알아냈는지 설명하기 힘들어. 아빠 사무실에서 몰래

찍었다고 하면 아빠에게 문제가 생길지도 몰라.'

'쯧쯧쯧, 나약해. 물론 나약함이 내겐 좋지.'

「누」가 혀를 찼다.

비웃음이 거슬렸다. 갑자기 세화를 혼내주고 싶은 욕망이 들끓었다.

'내가 어떡하면 돼?'

'좋아! 아주 좋은 자세야!'

「누」가 기뻐했다.

그러나 조금 뒤 「누」가 당혹해했다.

'걸림돌이 생겼어!'

'그게 뭔데?'

'제거해야 해.'

'뭘?'

'저 여자애 가방에 든 걸림돌을 제거해야 해.'

'그게 뭔데 그래?'

'제거해. 그전에는 아무것도 할 수 없어.'

거듭해서 물었지만 「누」는 아무런 대답도 하지 않았다.

달리 방법이 없었다. 내가 직접 확인해야만 했다. 기회를 엿봤다. 세화가 가방을 옆에 내려놓고 쪼그려 앉아 그림을 그리고 있었다. 손이 쉼 없이 움직였다. 2시간이 지나도 기회가 생기지 않았다. 포기하려는데 지수가 세화를 불렀다. 세화는 스케치북을 그 자리에 내려놓고 지수에게 갔다. 지수와 세화가 다정하게 대화를 나누었다. 나는 주변을 살폈다. 나를 보는 시선은 없었다. 얼른 세화 가방을 열고, 특이한 물건이 있는지 찾아봤다. 가방 바깥쪽 주머니에서 두툼한 물건이 만져졌다. 칼 같았다. 지퍼를 열었다. 촉감으로 확인한 칼이 거기에 있었다. 독특한 형태에 온갖 기하학무늬가 새겨진 손잡이가 단우가 만든 칼이라는 걸 말해주었다. 단우가 세화에게 준 선물이었다. 질투심이 끓어올랐다. 「누」가 말한 걸림돌은 이 칼이었다. 나는 주저하지 않고 칼을 꺼냈다. 예상과 달리 꽤나 묵직했다. 칼을 품에 숨기고 얼른 다른 곳으로 갔다.

'버……려, 멀……리…….'

「누」가 기어들어 가는 소리로 말했다.

나는 그 지시를 따르기 싫었다. 그냥 버리기에는 아쉬웠다. 칼을 어루만지는데 마치 단우 손을 쓰다듬는 것처럼 부드러웠다. 단우가 내 곁에 있는 것 같았다. 마음이 오랜만에 따뜻해졌다. 그러다 문득 의문이 들었다. 단우는 왜 내가 아니라 세화에게 이 칼을 주었을까? 단우가 세화를 좋아하는 걸까? 대답해 줄 사람도 없는데 질문이 꼬리에 꼬리를 물고 이어졌다.

'빨……리…… 버려!'

「누」가 소리를 쥐어짰다.

간직하고 싶었지만 「누」 상태를 보니 버리는 게 나을 듯했다. 그래도 아무 데나 버리기는 싫었다. 나는 눈에 띄는 나무 뒤로 갔다. 땅이 꽤 단단했지만 칼을 쓰니 쉽게 팔 수 있었다. 땅에 칼을 묻고 흙으로 덮었다. 발로 단단히 밟은 뒤 나무 모양과 주변 거리를 다시 확인했다.

'잘했어. 아주 잘했어!'

칼이 사라지자 「누」가 신나서 말했다. 목소리에서 다시 힘이 느껴졌다.

# 신비한 능력자들

05

　일요일 저녁, 입소 시간에 맞춰 학교로 갔다. 엄마는 정문에 나를 내려놓고 차를 돌렸다. 정문으로 들어서는데 학교가 시끄러웠다. 사이렌을 울리는 경찰차도 보였다. 심각한 사건이 일어난 것 같았다. 내 짐작이 맞았다. 같은 반인 송미주가 험한 일을 겪었다. 읍내에 갔다가 성범죄자가 범행을 저지르는 장면을 목격했다고 한다. 성범죄자는 미주를 잡으려고 쫓아왔고, 미주는 재빨리 도망쳐서 편의점으로 들어갔다. 성범죄자가 편의점 앞까지 들이닥치자, 편의점 직원이 문을 잠그고 경찰에 신고했다. 경찰은 미주가 목격한 성범죄자 인상착의를 듣자마자 범죄자 신원을 바로 파악하고, 즉각 출동해 체포했다.

　그동안 학교 앞 읍내에 성범죄자가 열 명이나 산다는 사실을 망각

하고 지냈다. 애써 눌러놓았던 공포가 되살아났다. 나만 그런 게 아니었다. 다들 성범죄자 이야기를 하며 두려움에 떨었다.

'뭐 해? 기회가 왔잖아.'

「누」가 다시 다그쳤다. 「누」가 어떤 의도로 기회라고 하는지는 뻔했다. 그러나 선뜻 실행할 용기가 나지 않았다.

'기회를 만들어줘도 못 하는 건가?'

설마, 이 일을 「누」가 꾸몄단 말인가?

'그럼 계속 눌려 살아야지. 언제나 세화 눈치를 보면서……'

상상으로는 쉬웠지만 실행은 다른 차원이었다.

'이주형은 아빠로서 참 좋은 사람이지. 세화에게 한없이 다정하고. 누구 아빠랑은 참 달라.'

「누」가 나를 자극했다. 의도가 훤히 보였다. 그렇지만 나는 그 말에 흔들렸다. 결국 「누」가 바라는 대로, 아니 내 욕망대로 움직였다.

나는 적당한 대상을 찾았다. 미주와 가까우면서 입이 가볍고, 소문에 곁가지를 붙여줄 만한 사람이어야 했다. 그 조건에 맞는 사람이 한 명 떠올랐다. 나는 기회를 봐서 장예서에게 다가갔다. 그러고는 실수하는 척하며 세화 아빠 이야기를 흘렸다. 기대대로 예서는 미끼를 덥석 물었다. 나는 절대 다른 애들에게 말하지 말라며 내가 찍은 사진도 다 보여주었다. 마지막까지 비밀을 지키라고 신신당부했다. 당연히 비밀을 지킬 예서가 아니었다. 내 의도대로 예서는 곳곳에 소문을 흘리고 다녔다. 얼마 지나지 않아 미주도 소문을 들었다. 성폭행범에게 험한 꼴을 당한 미주는 분노하며 소문을 증폭시켰다. 소문은 거대한 파도가 되어 학교 전체에 퍼졌다. 나와 친하지도 않은 애가 나한테 소문을 전해줄 정도였다.

월요일 저녁, 김충원 선생님이 다시 오래된 건물로 우리를 데려갔다. 여러 번 왔더니 이제 처음 같은 두려움은 없었다. 각자 흩어져서 선생님이 내준 과제를 수행했다. 이미 익숙한 방식이라서 머뭇거리지 않았다. 구석에 자리한 작은 방으로 들어갔다. 무서워서 문을 활짝 열어놓고 그림을 그렸다. 한참 스케치하는데 문이 쾅 닫혔다. 문 앞에 세화가 보였다.

"뭐야? 놀랐잖아."

세화 눈이 이글거렸다. 나는 애써 모른 척했다.

"너지?"

"내가 뭘?"

가슴이 두방망이질 쳤지만 애써 태연한 표정을 지었다.

"네가 이상한 소문을 퍼트렸잖아!"

"내가 무슨 소문을 퍼트려?"

"이게!"

세화가 내 뺨을 때렸다.

느닷없는 공격이었다. 갑자기 속에서 불이 일었다. 힘겹게 누르고 살았던 아픔이 터져 나왔다. 자기밖에 모르는 언니, 정이라고는 없는 엄마, 사막보다 멀어진 아빠, 이유 없이 나를 괴롭히던 악마들, 나를 속이고 멀어진 배신자들, 그리고 빼앗긴 지수, 빼앗긴 생강이, 빼앗긴 단우! 분노가 치밀어 올랐다. 억울함이 부글부글 끓었다. 머리끝부터 발끝까지 몸이 굳어지며 화가 치솟았다.

"너 따위가 감히……."

내 입에서 나온 소리였지만 내 목소리가 아니었다. 주변이 하얗게 변했다. 내 눈에는 오직 세화만 보였다. 갑자기 세화가 부들부들 떨었다. 얼굴에 공포가 번졌다.

"저리 가! 저리 가! 다가오지 마!"

뒤로 물러서던 세화는 입에 거품을 물었다. 눈이 하얗게 뒤집어지더니 스르륵, 옷걸이에서 옷이 떨어지듯 몸이 바닥으로 허물어졌다. 세화가 정신을 잃자 주변을 휘감던 흰빛도 사라졌다. 놀랄 만한 일이었지만 당황하지 않았다. 어느 때보다 침착했다. 나는 머뭇거리지 않고 재빨리 문을 열고 뛰어나갔다. 그러고는 크게 소리를 질렀다.

"선생님! 세화가 쓰러졌어요!"

건물 전체로 혼란이 번졌다. 선생님이 애들을 뚫고 뛰어왔다.

"어떻게 된 일이야?"

선생님이 세화를 살피며 물었다.

"모르겠어요. 갑자기 놀라더니 거품을 물고 쓰러졌어요."

나는 당황한 척 연기했다.

선생님이 세화 코에 손을 댔다.

"호흡이…… 가늘어."

세화의 얼굴이 점점 새파랗게 변했다.

저러다 죽으면 어쩌나 하는 걱정을 잠깐 했다. 다행히 걱정은 걱정으로 끝났다. 선생님이 침착하게 대응한 덕분이었다. 얼마 지나지 않아 응급차가 왔고, 세화가 실려 갔다. 지수는 선생님과 함께 병원으로 갔다. 세화는 그 꼴을 당하면서도 지수를 내게서 가져가 버렸다. 세화가 세상에서 없어져 버리면 좋겠다는 못된 심보가 꿈틀댔다. 잔인한 복수심이었다. 뒷산 민간인학살 현장이 떠올랐다. 무수한 뼈들이 수북이 쌓인 그 참혹한 현장 위로 세화 시체가 얹어지는 모습이 눈앞에 보이는 것 같았다.

'이러면 안 돼!'

내 잔인한 상상에 스스로 놀랐다.

'심유리, 아무리 그래도 이건 아니야.'

세화가 사라지자 다들 내게 어찌 된 일이냐고 물었다. 나는 잘 모르겠다고만 대답했다. 딱히 거짓말은 아니었다. 솔직히 나도 어찌 된 일인지 전혀 모르기 때문이다.

"귀신을 본 게 아닐까?"

누가 툭 내뱉은 말이 불씨가 되었다. 갑자기 공포가 번졌다. 다들 겁먹고 슬슬 자리를 떴다. 설마, 「누」가 귀신인 걸까? 내 안에 귀신이 들어온 걸까? 내가 이 오래된 건물에 산다는 귀신에 씐 걸까? 도대체 「누」는 어떤 존재일까?

"멍멍!"

생강이가 짖는 소리에 상념에서 깨어났다.

"어, 생강아!"

나는 반갑게 생강이를 불렀다.

"멍멍! 으르르르르……."

생강이는 나를 보고 매섭게 짖어댔다. 워낙 기세가 사나워서 뒤로 한 걸음 물러났다.

"내가 이렇게 될 거라고 했잖아."

생글생글 웃는 얼굴, 단아였다. 단아는 웃음을 머금은 채 춤추듯이 내 주위를 돌았다.

"칼을 줬는데……."

단우가 심각한 표정으로 나타났다.

"칼 한 자루로는 안 된다고 했잖아."

"그럴 리가 없어."

"하여튼 너는 항상 그 고집 때문에 일을 망친다니까."

단아는 내 주위를 빙글빙글 계속 돌고, 단우는 오래된 건물을 노려보며 인상을 찌푸렸다.

"들어가 봐야겠어."

"가봐야 뭐 해. 뻔한데……."

단아가 말렸지만 단우는 건물 안으로 들어갔다.

단우가 사라지자 단아가 움직임을 뚝 멈췄다. 그러고는 얼굴을 내게 바짝 들이밀었다. 맑고 투명한 눈이 내 눈동자를 꽉 채웠다.

"내보내."

단아 입술에서 박하향이 났다.

"무슨…… 말이야?"

"내보내야 해."

길게 뻗은 속눈썹이 참 예뻤다.

"무슨 말을 하는…… 거야?"

코끝이 거의 닿을 듯했다. 숨결이 느껴졌다.

'피……해라.'

「누」가 다급히 말했다.

'피해야…… 한다. 아직은, 아직은…… 이런 자들과…… 만나면 안 돼.'

세화가 지닌 칼을 없애라고 했을 때와 똑같았다. 「누」는 두려워하며 간절하게 속삭였다.

"내보내지 않으면 네가 잡아먹혀."

단아의 까만 눈동자에서 별이 빛났다. 어린 시절, 아니 어쩌면 그보다 더 오래전에 하늘에서 만났던 별빛 같았다.

"왜 이러는 거야?"

"지금은 네가 거부하면 아무것도 아니야."

"무슨 헛소리야?"

"시간이 지나면 네 의지로도 어찌할 수 없게 돼."

단아가 두 손을 위로 휘저었다. 손톱에 바른 검붉은 매니큐어에서 피가 떨어지는 듯했다.

'당장 피해! 빨리!'

「누」가 다급히 외쳤다.

나는 화들짝 놀라서 단아를 밀쳐냈다.

"뭐 하는 짓이야?"

단아는 안개처럼 바짝 다가왔다.

"너를 도와주려는 거야."

단아 손에서 핏빛 기운이 일렁였다.

'아, 안 돼. 지……금은……. 도망쳐!'

「누」가 절규했다.

나도 도망치고 싶었다. 그러나 다리가 움직이지 않았다. 몸이 사슬에 묶인 듯 꿈쩍도 안 했다. 핏빛이 점점 진해졌다. 단아 머리카락이 바람에 흩날렸다. 온몸이 공포에 짓눌렸다.

"그만해!"

단우가 단아 손을 잡았다. 단아 손끝에서 일렁이던 핏빛이 순식간에 사라졌다.

"뭐야? 잘되고 있었는데."

"지금은 안 돼. 그렇게 하면 유리가 크게 다쳐."

"풋, 지금 그게 중요해?"

"중요해!"

단우가 단호하게 말했다.

"혹시 너 쟤를……. 설마, 아니지?"

"엉뚱한 상상은 하지 마."

"의심스럽지만 믿어줄게. 그나저나 안쪽은 어때?"

"강력해. 상상도 할 수 없을 만큼."

"그래? 내가 느끼기에는 별로인데……."

"어쩌면 아빠가 말한 바로 그거인지도 몰라."

"에이, 설마!"

단아가 단우를 밀치더니 내게 바짝 다가왔다.

"내 눈을 봐."

단아가 명령하듯이 말했다. 나는 최면에 걸린 듯 단아 눈을 봤다.

"그 안에 있는 자, 나를 봐."

단아 눈에 검은빛이 퍼졌다. 흰자가 사라졌다. 그렇게 진한 검은빛은 단 한 번도 마주한 적이 없었다. 빛이 사라진, 완벽한 어둠이었다.

'크르르륵.'

「누」가 괴로워했다. 속이 뒤틀렸다. 위장이 울렁거리더니 구역질이 났다.

"아닌데……."

단아가 뒤로 물러나지 않았다면 그대로 토할 뻔했다.

"유리야, 부탁할게."

단우가 친절하게 말했다.

"뭐, 뭘?"

가슴이 두근거렸다.

"의지하지 마."

"무슨 말이야?"

"부정하고 싶은 마음은 알아. 그렇지만 의지하면 안 돼. 의지하면 할수록 그 힘은 커지고, 마침내 너를 집어삼켜 버릴 거야."

단아와 똑같은 말이었다. 더는 「누」에 의존하지 말라는 경고였다. 단우가 한 부탁이라서 그러겠다고 답하고 싶었다. 그러나 쉽게 그 말이 나오지 않았다. 어찌할지 갈등하는데 단우는 답을 기다리지 않고 자리를 떠버렸다. 조금만 기다려주지. 그럼 그러겠다고 대답했을 텐데…….

들리지 않기를 바랐는데 또다시 내일 벌어질 일이 들렸다. 다음 날 벌어질 면접에서 일어나는 대화였다. 나와 지수는 2조와 함께 최종 면접까지 올라갔다. 마지막으로 작품을 해설하고, 선생님들 질문에 답하는 면접이었다. 설명은 그럭저럭했지만, 답변은 제대로 하지 못했다. 세화가 없는 탓이 컸다. 세화는 학교를 자퇴했다. 세화가 사라지면서 나와 지수는 더 데면데면해졌다. 우리는 협력이 잘되지 않았지만, 2조는 답변을 꽤나 잘했다. 결국 나와 지수는 우승을 놓쳤다. 대회는 2조를 우승자로 선정한다는 발표를 끝으로 끝났다.

2등이 된다는 예언이었지만 아쉽지는 않았다. 어차피 세화가 주도

한 작품이었기 때문이다. 1등을 한다면 세화가 1등을 한 거나 마찬가지였다. 그러나 「누」는 그냥 넘어가지 않았다.

'2등에 만족할 거야?'

「누」는 나를 자극했다.

"난 괜찮아. 2등에 만족해."

'1등을 하면 혜택이 얼마나 큰지 몰라?'

"세화 작품이야."

'크크크, 역시 너는 나약해.'

「누」가 나를 또 비웃었다.

'너는 그러니까 맨날 당하는 거야. 세화가 사라졌다고 끝이 아니야. 얼마 지나지 않아 또다시 너는 짓밟힐 거야. 그때가 되면 세화한테 당했을 때처럼 또 억울해하겠지. 뭐, 그러거나 말거나 나와는 상관없지만.'

결국 나는 흔들렸다.

"방법이 있어?"

'좋아. 아주 좋아!'

「누」는 내 질문에 흐뭇해했다. 그러고는 2조를 무너뜨릴 무기를 내게 건넸다.


최종 면접은 미리 들었던 내용과 동일하게 진행됐다. 예언은 정확했다. 「누」가 들려주는 미래는 늘 정확했다. 2조는 답변을 잘했고, 나와 지수는 제대로 답변하지 못했다. 그리고 마지막 순간이 왔다.

"마지막으로 하고 싶은 말이 있으면 각자 해보세요."

심사위원장을 맡은 교감 선생님 말이 떨어지자마자 나는 스마트폰을 꺼냈다.

"이걸 밝혀야 하는지 망설였지만 아무래도 말씀드리는 게 나을 것 같습니다."

나는 최대한 예의를 갖췄다.

"무슨 일이지?"

나는 2조 눈치를 살피는 척했다.

"여기 제 스마트폰을 보시면……."

선생님에게 조심스럽게 스마트폰을 건넸다. 심사위원들이 차례로 화면을 확인했다.

"저도 우연히 봤습니다. 화면 속에 있는 건 어떤 무명작가가 5년 전에 올린 작품들입니다. 보면 아시겠지만 2조 작품이랑 아주 흡사해요. 그냥 모른 척하려고 했지만, 책으로 펴냈을 때 나중에라도 문제가 될지 몰라서……. 그럼 우리 학교 명예에도 문제가 되니까요."

나는 몇 번이나 연습한 대사를, 감정을 실어 읊었다.

심사위원들 표정이 변했다. 심사위원들은 귀엣말로 논의하더니 2조 학생들에게도 내 스마트폰 화면을 보여주었다. 당연히 2조는 강하게 부인했다. 본 적도 없고, 베끼지도 않았다고 주장했다. 그러나 증거가 지나치게 명확했다. 물론 그 증거는 「누」가 찾아낸 것이다. 어쩌면 「누」가 찾은 게 아니라 만들었는지도 모른다. 이제까지 벌어진 일을 생각하면 「누」에게는 그럴 만한 능력이 있다. 물론 내게 그것은 중요하지 않았다.

"너희들 말을 믿지만, 아니 믿고 싶지만 이건 지나치게 똑같아."

그걸로 끝이었다. 1등은 우리가 차지했다. 아니 내가 차지했다. 모둠과제 1등이었다. 내 이름이 공식 조사보고서에 들어간다. 생활기록부에도 자세하게 실린다. 내 삶에 빛나는 별이 생기는 것이다. 오랜 시간 나를 괴롭히던 상처가 깨끗이 회복된 기분이었다. 나는 더는 꼴찌가 아니다.

1등을 했는데도 지수는 기뻐하지 않았다. 아마 세화 때문일 것이다. 내가 마지막에 한 행위가 못마땅한지도 모른다. 그러나 개의치 않았다. 지수 생각이 어떻든 나는 큰 성취를 이루었다. 이제 아무도 나를 꼴등이라고 놀리지 못할 것이다. 엄마에게 자랑할 경력이 생겼다. 잘난 언니를 눌러줄 무기도 움켜쥐었다. 처음으로 맛보는 성취감이었다.

기쁨은 경쾌한 걸음으로 이어졌다. 들뜬 기분을 티 내지 않으려고 애쓰며 기숙사로 돌아가는데, 「누」가 다급하게 외쳤다.

'피해! 빨리.'

세화가 까무러치고 단우와 단아를 만났을 때보다 다급했다.

'도망쳐. 위험한 자들이 와.'

"내일이 방학식이라 기숙사에 가서 짐을 정리해야 하는데……."

발걸음은 조금 느려졌지만 나는 여전히 기숙사를 향해 걷고 있었다.

'그러다 큰일 나!'

도대체 얼마나 위험한 자들이기에 「누」가 이렇게 어쩔 줄 몰라 하는지 궁금했다.

"너는 강하잖아."

일부러 자존심을 건드렸다.

'내 힘이 1할만 돌아와도 저따위 놈들 백만 명이 와도 무섭지 않아.'

백만 명이면 그냥 일반 사람이어도 엄청나다. 허세 같았다.

"아무리 그래도 백만 명은 쫌……."

'나중에 알게 돼. 내 힘이 얼마나 큰지. 지금은 도망쳐야 해. 붙잡히면 다 물거품이 된다. 네가 받을 1등 상도 없어져.'

그제야 나는 「누」에게 닥친 위기가 바로 나에게 닥친 위기라는 걸 알아챘다. 내 가장 뛰어난 성취가 거품처럼 사라지게 둘 수는 없었다.

"어디로 도망쳐?"

'동굴로. 그곳에서 저들이 사라질 때까지만 숨어 있으면 돼.'

빠른 걸음으로 학교 뒤편으로 향했다. 혹시 쫓아올지 몰라 여러 차례 뒤를 돌아보았다. 산길을 급하게 올라갔다. 산을 빨리 오르기에는 교복치마가 불편했다. 남들처럼 편한 옷을 입지 않고, 교복을 입는 습관이 이럴 때 방해될 줄은 몰랐다.

"악!"

돌을 잘못 밟았다. 발이 삐끗했다. 옆으로 넘어졌다.

'이런! 왜 하필 지금…….'

「누」가 나를 타박했다.

"아프단 말이야!"

나는 발목이 아픈데, 위로는 안 하고 구박하는 「누」가 마치 엄마 같았다. 옷을 털며 힘들게 일어섰다. 오른발을 내딛는데 발목이 시큰거렸다. 생각보다 심하게 삔 모양이었다.

"발목을 삐었어."

'저들이…… 눈치……챘다.'

"발목을 삐었다니까…….'

'아파도 참고 도망쳐라. 이대로 잡히면 너는 끝장이다.'

아픔을 참고 발을 내디뎠다. 걸을 수는 있지만 몹시 아팠다. 한 걸음 내디딜 때마다 쿡쿡 쑤셨다.

'이쪽으로 온다!'

이를 악물었다. 내 성취를 잃고 싶지 않았다. 이렇게 허무하게 무너지긴 싫었다. 고통을 견뎠다. 속도를 올렸다. 지독하게 아팠지만 이겨냈다.

'좋아! 아주 좋아!'

멀리 발굴단이 쳐놓은 경계선이 보였다. 발굴단은 보이지 않았다. 우거진 수풀이 보였다. 여름이 되니 수풀이 더 무성해졌다. 수풀을 향해 속도를 높였다.

'이런, 벌써……!'

「누」가 소스라치게 놀랐다.

주위를 살폈다. 아무도 없었다.

'위다.'

머리 위를 봤다. 나무 위에 매달린 사람이 보였다. 도대체 어떻게 저 높은 곳을 눈치도 못 채게 올라갔을까? 뛰어서 쫓아온 게 아니었단 말인가?

여기서 붙잡히고 싶지는 않았다. 나는 수풀을 향해 뛰었다. 통증 따위는 잊은 지 오래였다. 바람 소리가 났다. 나무 위를 봤다. 사람이 나무와 나무를 건너뛰었다. 마치 원숭이 같았다. 수풀에 막 들어서려는데 그 사람이 나무에서 뛰어내려 내 앞을 가로막았다.

"너구나, 이상한 힘을 쓴 애가."

그러고는 내게 손을 뻗었다. 몸을 옆으로 틀어서 피했다.

"그 힘을 어떻게 얻었는지 모르지만, 너 같은 어린애한테는 어울리지 않아."

발버둥 쳐도 도망갈 길은 없었다. 나무를 자유롭게 타는 기이한 능력을 지닌 성인 남자에게서 도망치는 것은 불가능했다. 「누」가 바들바들 떠는 게 느껴졌다.

"두려워 마라! 제대로 된 주인에게 돌아갈 뿐이니……."

느리게 손을 뻗는데 이상하게 피할 수가 없었다. 손목이 붙잡혔다. 몸이 위로 들렸다. 손을 빼내려 해도 꿈쩍하지 않았다.

그때 누런빛이 수풀 속에서 뛰어 올랐다. 그러고는 내 팔을 움켜쥔 손을 할퀴었다. 그 사람은 괴성을 지르며 뒤로 물러났고, 나는 수풀로 넘어졌다.

"이런 조그만 강아지가……."

그 사람이 품에서 청록색 물건을 꺼냈다. 삼각형인데 끝이 뾰족했다. 표창 같았다. 그 사람은 오른손과 왼손, 검지와 중지 사이에 표창을 끼웠다.

"생강아! 위험해, 피해!"

생강이는 아랑곳없이 짖어댔다.

그 사람이 오른손을 뒤로 살짝 젖혔다가 반동을 이용해 던졌다. 청록색 표창이 숲을 가르며 날아갔고, 생강이는 아슬아슬하게 피했다. 곧바로 또 다른 표창이 날아갔다. 생강이가 움직이는 앞길을 예측한 공격이었다. 생강이에게 그대로 표창이 꽂히려는 순간이었다.

"쿡!"

생강이 앞에 굵은 나무가 불쑥 튀어나왔고, 표창은 거기에 박혔다.

"아무리 사냥꾼이라지만. 그래도 그렇지 강아지를 죽이려고 하다니 너무하시네."

표창이 박힌 나무를 들고 단우가 나타났다.

"너는 누구냐?"

"친구."

"죽고 싶은 모양이구나."

"사냥꾼이라고 사람 사냥도 아무렇지 않게 하시려고?"

"네 놈은…… 우리에 대해서 뭘 아는 거냐?"

"사냥꾼. 어리석은 몽상에 빠져 대를 이어 미친 짓을 일삼는 존재들. 더 알아야 하나?"

단우는 「누」가 두려워하는 이들이 누구인지 아는 모양이었다.

"네 이놈!"

사냥꾼이 얼굴을 찌푸리더니 훌쩍 뛰어올랐다.

내 키 높이에서 나무를 한 손으로 붙잡더니 몸을 빙그르르 돌렸다. 회전력을 얻은 사냥꾼은 다시 높이 치솟아 다른 나무를 발로 차더니 단우를 향해 발을 내질렀다. 단우는 가볍게 뒤로 피했다. 사냥꾼은 멈추지 않고 곧바로 나무를 팔로 잡더니 오른발 왼발을 번갈아 가며 단우를 공격했다. 단우는 몸을 가볍게 움직여 공격을 피했다.

"하급 사냥꾼이군. 당신 따위는 내 상대가 안 돼."

인간 같지 않은 실력을 지닌 사냥꾼이 하급이라면, 더 놀라운 능력을 지닌 자들이 있다는 뜻이었다.

"너는 도대체 누구냐? 누구기에……."

"친구라니까."

사냥꾼이 매섭게 몰아붙였지만 단우는 아주 여유로웠다.

'이때야. 빨리 동굴로 도망쳐!'

"단우가……."

'또 다른 자들이 오고 있어. 더 무서운 자들이.'

"사냥꾼?"

'그렇다. 사냥꾼! 저자는 하급이다. 지금 오는 사냥꾼은 훨씬 무섭다.'

단우에게는 미안했지만 어쩔 수 없었다. 나는 일어나서 동굴로 향했다. 그러나 몇 걸음 가지도 못하고 멈춰야만 했다.

수풀 사이에서 불쑥 한 사람이 튀어나왔기 때문이다.

'이런, 은둔술을 익힌 사냥꾼이 아직도 있다니……'

「누」가 바들바들 떨었다. 얼른 도망치려 했지만 헛된 시도였다. 내가 움직이려고 마음먹자마자 사냥꾼이 내 목을 움켜쥐었다. 숨을 쉴 수 없었다.

"한심한 놈! 겨우 어린애 하나한테 당하다니……"

사냥꾼은 내 목을 잡은 채 옆구리를 퍽 쳤다. 약하게 친 것 같은데 힘이 쭉 빠졌다. 나는 그대로 수풀에 주저앉았다. 사냥꾼은 나를 두고 단우에게 다가갔다. 몸을 움직이려 했지만 꿈쩍도 할 수 없었다. 단우와 싸우던 하급 사냥꾼은 바닥에 쓰러져 있었다.

"어린 녀석이 제법이구나. 우리 정체도 알고. 너는 도대체 누구냐?"

"묻는다고 내가 대답하지 않을 걸 알면서 왜 자꾸 물으실까?"

"팔이 꺾이고 다리가 부러져도 그렇게 나불대나 보자."

느리게 걷던 사냥꾼 몸이 흐릿해지더니 바람처럼 단우를 공격했다.

단우는 바닥을 구르며 피했다.

"와우! 역시 중급 사냥꾼은 다르시네."

"네놈이 얼마나 우리를 아는지, 네 놈 뒤에 어떤 자가 있는지 알아야겠다."

"재주 있으면 그래 보시고."

중급 사냥꾼은 몸놀림이 하급과는 차원이 달랐다. 하급 사냥꾼도

대단하긴 했지만 움직임이 눈에 보였었다. 그러나 중급 사냥꾼은 눈으로 쫓을 수도 없을 정도로 움직임이 빨랐다. 가볍게 뛰어도 단우 키를 훌쩍 뛰어넘었고, 단우를 비껴간 발에 맞은 나무가 움푹 파였다. 단우는 방어만 했다.

"언제까지 쥐새끼처럼 피하기만 할 테냐!"

중급 사냥꾼은 더 매섭게 공격했고, 단우는 점점 위기에 몰렸다.

"이제 끝이다!"

단우가 피하려다 나무에 부딪히자 중급 사냥꾼이 다시 단우를 공격했다. 단우가 위험에 처한 순간, 하얀빛이 중급 사냥꾼을 휘감았다.

"이, 이게 대체……."

하얀빛은 이내 종잇조각으로 변했다. 수백 장이나 되는 종잇조각이 중급 사냥꾼 주위에 흩날렸다. 중급 사냥꾼이 부들부들 떨었다.

"영……을 다루다니 어떻게……."

단우는 먼지를 털며 어깨를 으쓱했다.

"걔가 아니에요. 나지."

단아였다.

이번에도 단아는 춤을 추며 나타났다.

"넌 또 누구냐?"

"이 아저씨는 왜 자꾸 누구냐고 물어볼까? 말해주면 알려나? 나는……."

단아가 싱글벙글 웃으면서 말했다.

"그만해."

단우가 단아를 말렸다.

"장난이야, 장난! 그나저나 내가 너보다 더 강한 게 증명됐지?"

"안 도와줘도 이겼어."

"꼴에 자존심은⋯⋯."

"일부러 허점을 보인 거야."

"그럼 풀어줄 테니 다시 싸워볼래?"

단아가 중급 사냥꾼을 휘감은 종잇조각에 손을 뻗었다.

"그만해. 빨리 유리를 데려가야 해. 여긴 여전히 위험해."

"핏! 하여튼 저 애가 뭐라고⋯⋯."

투덜거리는 단아를 뒤로하고, 단우가 내게로 왔다.

"괜찮니?"

다정하게 손을 내밀었다.

"옆구리를 얻어맞았는데⋯⋯ 힘을 못 쓰겠어."

"내가 풀어줄게."

단우는 내 손을 잡더니 옆구리로 손을 뻗었다. 옆구리를 엄지로 지그시 누르자 따뜻한 기운이 들어왔다. 몸이 가벼워졌다. 다리에 힘이 들어왔다. 단우 손에 이끌려 몸을 일으켰다.

"아얏!"

"발목을 삐었구나."

나는 고개를 끄덕였다.

"업힐래?"

가슴이 두근거렸다. 단우가 몸을 숙였다. 단우 등에 몸을 얹었다. 몸이 구름에 실린 듯 떠올랐다. 얼굴이 벌겋게 달아올랐다.

"멍! 멍! 멍!"

갑자기 생강이가 절벽 위를 보며 짖었다.

"이런! 결국 왔네."

단아가 입을 삐죽 내밀었다.

"너는 유리를 업고 빨리 가. 내가 맡을게."

"너 혼자는 안 돼. 유리를 업고 가면 나도 금방 잡힐 테고."

"뭐, 그럼 어쩔 수 없네."

단아가 절벽을 향해 몸을 돌렸다.

단우는 몇 걸음 걷더니 나를 나무에 기대어 앉게 내려놓았다.

"무슨 일이야?"

"같이 싸워야 할 상대가 나타나서. 이번에는 조금 더 강한 사냥꾼이거든."

중급 사냥꾼도 강했는데 더 강한 사냥꾼이라니 걱정이 앞섰다.

"괜찮아?"

"상급 사냥꾼이긴 하지만, 우리가 쉽게 지지는 않을 테니 걱정하지 마."

단우가 빙그레 웃더니 몸을 돌려 절벽을 쳐다봤다. 나도 단우가 보는 곳을 봤다. 동굴이 자리한 절벽 위였다. 긴 머리카락을 휘날리며 검은 옷차림을 한 여자가 절벽 아래를 내려다보고 있었다.

단아가 절벽 위를 향해 가운뎃손가락을 들었다.

"예의는 갖춰."

단우가 타박했다.

"목숨 걸고 싸워야 할 판에, 예의는 무슨."

단아가 몸을 빙그르르 돌렸다. 단아 얼굴에 웃음기가 없었다.

그때, 믿기지 않는 일이 일어났다. 절벽 위에 있던 여자가 그대로 뛰어내린 것이다. 몸이 붕 뜨더니 바닥에 우뚝 섰다. 사람 같지 않았다. 상급 사냥꾼이라고 하더니 중하급과는 차원이 달랐다.

상급 사냥꾼이 훌쩍 뛰어서 단우와 단아에게 동시에 발길질을 했다. 워낙 빨라서 피할 틈이 없었다. 단우와 단아가 막았지만 뒤로 쭉 밀렸다. 단우 신발에 빨간빛이 번졌다. 피가 번진 입술을 손으로 닦았다. 손등에도 피가 흥건했다. 단아는 두 손으로 얼굴을 닦았는데 단우와 마찬가지로 피범벅이었다.

"아줌마! 이거 장난이 아니네."

단아는 허리에 차고 있던 작은 가방에서 물건 하나를 꺼냈다. 그 물건을 왼손으로 움켜쥐고 앞으로 쭉 뻗으니 방울소리가 났다. 청록색 불가사리처럼 생겼는데 여덟 방향으로 퍼진 돌기에 방울이 하나씩 달려 있었다. 돌기 사이는 곡선으로 오목해서 손으로 움켜쥐기에 적당했다.

"팔주령이라니 점점 너희들 정체가 궁금해지는구나."

단아가 꺼낸 방울을 '팔주령'이라고 부르는 모양이었다.

단아는 얼굴에 묻은 피를 팔주령에 묻혔다. 피가 묻자 팔주령이 부르르 떨리며 검붉은 안개가 피어올랐다. 단아가 몸을 돌리며 팔주령을 흔드니 검붉은 안개가 상급 사냥꾼을 향해 밀려갔다. 중급 사냥꾼때와 같은 현상이 벌어졌다. 상급 사냥꾼은 검붉은 안개에 갇힌 채 꼼짝도 하지 못했다.

그 사이에 단우가 쌍칼을 꺼내 들었다. 수업시간마다 만들던 칼과 모양은 비슷했는데, 빛깔만 청록색이었다. 단우는 끝이 부드럽게 휜 칼을 마구 휘두르며 상급 사냥꾼을 공격했다. 검붉은 안개에 갇힌 상급 사냥꾼을 향해 청록색 검이 파고들었다.

칼과 칼이 부딪치는 소리가 수십 차례나 들렸다. 무슨 일이 벌어지는지 눈으로는 확인할 수 없었다. 단아는 춤추듯이 팔주령을 휘둘렀고, 그때마다 검붉은 안개가 사냥꾼을 휘감았다. 사냥꾼은 제자리에 가만히 서서 단우가 휘두르는 칼을 모조리 막아내는 듯했다.

"애들이라고 얕봤더니 대단한 능력자들이로구나!"

사냥꾼이 감탄하더니 품에서 번쩍이는 물건을 꺼냈다. 사냥꾼 손에서 빛이 났다. 손전등이라도 들었나 했는데 자세히 보니 거울이었다. 거울이 몇 번 번쩍이자 단아가 뿜어낸 검붉은 빛이 거울로 모조리 빨려 들어갔다.

"어린애가 영을 제법 다루는구나. 그러나 아직 미숙해. 그 정도로는 나를 어찌지 못한다."

상급 사냥꾼은 무표정하게 말을 내뱉더니 단아를 향해 거울을 휘둘렀다. 거울에서 뿜어진 붉은빛이 단아를 때렸다. 단아가 팔주령을 휘둘러 막았지만 역부족이었다. 단아가 피를 내뿜으며 나뒹굴었다. 검붉은 안개가 사라지자 상급 사냥꾼의 몸놀림이 가벼워졌다. 몇 차례 칼과 칼이 부딪치는 소리가 나더니 단우도 멀리 튕겨 나갔다. 단우 윗옷에 피가 흥건했다. 상급 사냥꾼이 재빨리 달려가 단우를 찔렀다.

칼이 단우의 몸에 박히려는 순간, 매섭게 짖으며 생강이가 뛰어올라 칼을 쥔 사냥꾼의 손을 할퀴었다. 생강이는 바닥에 내려서자마자 곧바로 몸을 돌려 사냥꾼을 다시 공격했지만 이번에는 실패였다. 사냥꾼의 손이 생강이보다 빨랐다. 사냥꾼은 거울을 오른손으로 옮기더니 왼손으로 생강이 뒷덜미를 움켜잡았다.

"작은 강아지가 제법 매섭구나!"

생강이는 맹렬하게 짖으며 발을 휘저었지만 사냥꾼 손에서 벗어나지 못했다. 사냥꾼이 든 칼끝이 생강이 목을 겨눴다.

"안 돼!"

나는 몸을 벌떡 일으켜 사냥꾼에게 달려들었다.

사냥꾼은 생강이를 겨누던 칼을 나에게 뻗었다가 화들짝 놀라면서 칼을 옆으로 치웠다. 칼이 내 목을 아슬아슬하게 스쳐 지나갔다. 상급 사냥꾼은 놀랐는지 생강이를 놓쳤고, 나는 재빨리 생강이를 안고서 몸을 굴렸다. 목에서 통증이 느껴졌다. 손으로 목을 만졌다. 붉은 피가 제법 흘렀다.

"제법 용감하구나."

사냥꾼이 나를 보며 피식 웃었다.

"너희 둘 뒤에 있는 자가 누구냐? 마지막 기회다. 대답하지 않으면 죽는다."

사냥꾼이 칼은 단우에게, 거울은 단아에게 겨눴다.

"누군지 말하면 살려주기는 할 거야?"

단아가 피식 웃었다.

"됐으니까 죽여. 귀신이 돼서 당신을 괴롭혀 줄 테니."

피를 뒤집어쓴 단아 몸에서 검붉은 연기가 피어올랐다.

"소원이라면……."

거울에서 푸르스름한 기운이 일었다.

"잠깐만!"

단우가 말했다.

"생각이 바뀐 것이냐?"

"우리 뒤에 있는 사람이 아직도 누군지 궁금하다면 지금…… 알려 주겠다."

"히히히."

또다시 단아가 웃었다. 정말 이해가 안 되는 애였다.

"우리 뒤에 있는 사람은 바로……."

단우가 뜸을 들였다.

"바로, 뭐냐?"

상급 사냥꾼이 짜증을 냈다.

"우리 뒤에 있는 사람은 바로…… 네 뒤에 있다!"

"뭐?"

상급 사냥꾼이 놀라며 칼을 뒤로 휘둘렀다. 칼은 빨랐지만 허공을 갈랐을 뿐이다. 사냥꾼은 어떤 힘에 눌렸는지 무릎을 꿇었다. 사냥꾼은 무기력하게 두 팔을 늘어뜨렸다. 바람 소리와 함께 허공에서 우람한 남자가 갑자기 나타나더니, 그대로 사냥꾼의 머리를 오른손으로 움켜쥐었다. 상급 사냥꾼은 바들바들 떨면서 거울과 칼을 바닥에 떨어뜨렸다.

"어떻게 이런? 이건 최상급……."

상급 사냥꾼이 입에 거품을 물고 쓰러져 버렸다. 우람한 남자는 바닥에 떨어진 거울과 칼을 집어 들었다. 우람한 남자가 내 쪽으로 왔다. 엄청난 기운이 느껴졌다. 「누」는 꿈쩍도 안 했다. 조금 전까지 두려워 떨었는데 이제는 떨지도 못하는 것 같았다. 도대체 저 사람 정체가 뭐길래 「누」가 겁먹는 걸 넘어서 얼어버린 걸까?

"아빠!"

단아가 벌떡 일어나 뛰어가더니 그 남자 품에 안겼다. 저렇게 엄청난 사람이 단우 아빠라니…….

"저놈이 단아를 이렇게 만들었어."

조금 전까지 목숨을 가볍게 내놓던 단아가 약한 척했다. 아빠 앞에서 어리광을 부리는 귀여운 딸 같았다. 단우 아빠는 단아 얼굴에 묻은 피를 닦아주며 머리를 쓰다듬었다.

"저놈들 내가 확 죽여버릴까?"

단아가 쓰러진 사냥꾼들을 노려보며 말했다.

단우 아빠는 빙그레 웃더니 고개를 가볍게 저었다. 어느새 단우가 내게 다가왔다. 단우 아빠가 나를 쳐다봤다. 표정이 한없이 부드러웠다.

"목은 괜찮니?"

단우가 말했다.

"살짝 긁혔을 뿐이야."

나는 어색하게 웃었다.

단우가 내게 손을 내밀더니 나를 일으켜 세웠다. 일어나자마자 나는 단우 아빠에게 인사를 했다.

"안녕하세요."

단우 아빠는 다시 한번 포근하게 웃어주었다.

"구해주셔서 감사합니다."

단우 아빠는 여전히 웃기만 할 뿐 말이 없었다. 인사를 했는데 답이 없으니 조금 당황스러웠다.

"아버지는 말을 할 수 없으셔."

단우가 말했다. '아버지'라는 호칭이 어색하게 들렸다.

"미안해. 나는 말을 못 하시는 줄 모르고……."

"말을 못 하시는 게 아니야. 하실 수 없는 거지."

못 하는 것과 할 수 없는 게 무슨 차이인지 알 수 없었다. 하지만 굳이 묻지는 않았다. 단우 아빠는 쓰러진 사냥꾼들에게 가더니 머리에 손을 얹었다. 푸르스름한 기운이 사냥꾼 머리를 휘감았다.

"내려가야지. 업혀."

단우는 또다시 내게 등을 내어주었다.

"너도 다쳤잖아."

"나는 괜찮아. 삔 발목으로는 산을 못 내려가."

어쩔 수 없이 단우 등에 업혔다. 나는 단우에게 업혀 산길을 내려왔다. 참 행복했다. 낮에 2조를 꺾고 1등을 했을 때보다 더.

# 세상에서 가장 무서운 감옥

06

높은 돌담 뒤로 나무가 무성했다. 돌담 옆에 차를 세웠다. 담 옆에는 큰 차 한 대와 작은 차 한 대가 서 있었다.

"민지 언니가 왔나 보네."

단아가 작은 차를 보며 말했다.

단아가 먼저 차에서 내리더니 좁고 높은 쇠문을 열었다. 두 사람이 겨우 들어갈 만한 좁은 문이었다. 문으로 들어가니 숲 사이에 숨은 오솔길이 드러났다. 이야기 속에 나오는 비밀통로를 닮은 길이었다. 두 사람이 나란히 걷기에 딱 좋았다. 단우와 둘이서만 길을 걷는 상상을 했다. 그 옛날, 단우가 정의롭게 나타나 나를 구해줬을 때부터 상상했던 장면이었다. 어쩌면 이제껏 나는 나와 나란히 걸어줄 단 한 사람을 간절히 바랐는지도 모르겠다. 까탈스러운 언니가 날 내버려 두기를, 무정한 엄마가 내게도 조금은 정을 나눠주기를, 변해버린 아빠가 따뜻하게 되돌아오기를 바랐지만, 그 소망은 아마도 영원히 이루어지지 않을 것이다.

단아는 아빠 팔짱을 끼고 걸었다. 나는 여전히 단우 등에 업혀 있었다. 구불구불 이어진 오솔길 옆으로 노을빛을 머금은 나무들이 은은하게 빛났다. 이렇게 영원히 가면 좋겠다는 어처구니없는 기대가 일었다. 삶이 이 순간만 같으면 좋겠다는 바람이었다.

길이 끝나고 빽빽한 소나무 숲 한가운데에 낡은 집이 나타났다. 초록 지붕에 하얀 벽을 두른 시골집이었다. 단아가 문 앞에 서자 문이 저절로 열리고, 치렁치렁한 흰옷을 입은 단아 엄마가 나타났다. 그 옛날 교장실 문에 서서 엄마들을 꾸짖던 바로 그분이었다.

"우리 단아가 피를 많이 흘렸구나."

"히히, 뭐 살짝 긁혔어."

단아가 장난스럽게 대꾸했다.

"민지 언니 왔어?"

"별실에서 쉬고 있어. 잠든 지 얼마 안 됐으니까 깨우지 말고."

"칫, 내가 왔는데 언니는 잠이나 자고."

"들어가서 먼저 씻으렴."

단아는 폴짝 뛰더니 현관 안으로 들어갔다.

"고생하셨어요."

단우 엄마가 남편을 꼭 껴안았다. 내 집에서는 한 번도 본 적 없는 장면이었다.

"어서 오렴. 오랜만이네."

단아 엄마가 나를 반갑게 맞이했다.

"나…… 좀 내려줄래?"

단우 등에 업힌 채 집으로 들어가고 싶지는 않았다. 조심스럽게 내려서 발을 내디뎠다. 아프긴 했지만 걷지 못할 정도는 아니었다.

"안녕하세요."

"단우한테 얘기 많이 들었어. 오늘 힘들었지?"

따뜻함이 묻어나는 말이었다. 가슴이 뭉클했다.

"목을 다쳤구나."

단우 엄마가 내 목을 근심스럽게 어루만졌다.

"이런! 조금만 더 깊이 들어갔으면 큰일 날 뻔했네."

우리 엄마한테는 한 번도 느껴본 적 없는 따뜻한 걱정이었다.


발을 절뚝이며 집 안으로 들어갔다. 단우가 나를 거실 의자로 안내했다. 의자에 앉자마자 단우 엄마가 내게 다가오더니 목과 발목을 자세히 살폈다. 구급상자를 가져와 목에 난 상처를 소독하고 약을 발라주었다. 발목을 따뜻한 물로 닦더니 부드럽게 마사지했다. 처음에는 통증 때문에 아팠지만 점점 괜찮아졌다. 압박붕대로 발목을 가볍게 고정시켰다. 가볍게 서서 바닥을 짚어보니 한결 편했다.

"꽤 강한 사냥꾼이었나 보구나."

나를 다 치료한 뒤에야 단우 엄마는 단우가 입은 상처를 살폈다.

"중급 사냥꾼까지만 올 줄 알았는데, 상급 사냥꾼까지 나타났어요."

단우는 엄마에게도 존댓말을 썼다.

"상급 사냥꾼 숫자도 늘고 힘도 더 강해졌구나. 정말 그때가 다가오는 모양인데, 닥쳐오는 위기를 제대로 막을 수 있을지 걱정이네."

내가 거실에서 쉬는 동안 단우 엄마와 단우가 부엌에서 저녁을 준비했다. 단아는 아빠 옆에서 계속 어리광을 부렸다. 내 시선은 요리하는 단우의 뒷모습에 고정되어 있었다. 저녁상은 금방 차려졌다.

"단아야, 민지 깨워서 밥 먹으라고 해."

뒷문을 열고 나간 단아는 잠시 뒤에 20대 중반으로 보이는 여자와 같이 돌아왔다. 단우, 단아와는 닮은 구석이 전혀 없는 얼굴이었다. 그 여자는 '권민지'라고 자신을 소개했다.

저녁은 참 맛있었다. 저녁 먹는 내내 단아는 쉴 없이 떠들었다. 권민지는 '언니'라고 부르라며 나를 살갑게 대했다. 나는 선뜻 언니라고 부르기가 힘들었다. 나에게는 언니라는 호칭이 다정한 느낌과는 거리가 멀기 때문이다. 내 친언니는 심하게 나를 괴롭히고, 억압하고, 무엇이든 빼앗는 착취자였다.

저녁을 다 먹고 설거지는 단아와 단우가 했다. 설거지하는 동안에도 단아는 수다를 떨었고, 단우는 가끔 대꾸했다. 남매 사이가 참 좋아

보였다.

"어르신께 은둔환을 더 만들어달라는 부탁을 드리러 왔어요."

'은둔환'이라는 말에 귀가 쫑긋 섰다.

"어디인지 찾아냈어?"

단우 엄마가 권민지에게 물었다.

"외삼촌이 그쪽으로 갔어요. 사냥꾼들도 온 모양이에요. 외삼촌 말로는 최상급 사냥꾼도 온 것 같대요."

"그들도 눈치챌 것 같긴 했지만, 최상급 사냥꾼이라니……."

"그만큼 확실하다는 뜻이겠죠?"

"그렇겠지."

"회장님은 그때가 얼마 남지 않았다고 판단하고 계세요."

"나도 같은 생각이야. 아무래도 내가 다시 회장님을 뵈어야겠어."

"안 그래도 제가 부탁드리려고 했어요. 회장님 힘으로도 정부나 재계에서 활동하는 그들을 막는 게 버거우신가 봐요."

"워낙 강한 자들이고 뿌리가 깊으니까. 그나저나 몇 개나 필요해?"

"외삼촌은 열 개를 부탁했어요."

"열 개라……. 꽤나 큰 싸움을 예상하는 모양이구나."

단우 엄마 표정이 갈수록 어두워졌다.

"여보! 김현 씨에게 맞게 열 개 부탁해요. 그리고……."

단우 엄마가 나를 봤다.

"이 아이를 위한 팔찌도 만들어주세요."

단우 아빠가 손가락을 두 개 펴 보였다.

"네! 은둔환이랑 수호환이 다 필요해요."

단우 아빠는 바로 자리에서 일어났다.

"단우야! 아버지 일하시는 데 같이 가서 도와드리렴."

설거지하던 단우가 곧바로 아빠를 따라갔다.

"뭐야? 그럼 설거지를 나 혼자 다 하라는 거야?"

단아는 투덜거리면서도 손을 쉼 없이 놀리며 설거지를 했다.

단우와 단우 아빠가 뒷문으로 나가자 나는 조심스럽게 단우 엄마에게 물었다.

"죄송한데, 은둔환은 뭐고 수호환은 또 뭐예요? 저한테 그게 왜 필요하다는 건지."

"널 지켜줄 팔찌야."

"팔찌요?"

"은둔환은 사냥꾼들이 너를 발견하지 못하게 막을 거야."

단우 엄마는 손목을 들어서 내게 보여주었다. 온갖 기하학무늬가 새겨진 청록색 팔찌였다. 그러고 보니 단우와 단아도 똑같은 팔찌를 차고 있던 게 기억났다.

"나도 있어."

민지 언니도 손목을 내밀어서 보여주었다.

"수호환은……."

단우 엄마가 가까이 다가왔다. 두 눈이 내 바로 앞에 있었다. 투명하고 맑아서 마주 보기 두려웠다.

"네 안에는 불안과 두려움이 가득해. 어둠이 파고들기 참 좋은 토양이지."

마치 내 속사정을 다 아는 듯했다. 단우 엄마는 몸을 뒤로 빼더니 다시 포근하게 웃었다.

"초등학교 때 그 일이 벌어진 뒤로 단우와 단아를 다시는 학교에 보내지 않으려고 했었어. 그런데 불길한 기운을 막기 위해 어쩔 수 없이 그 학교에 보냈지."

이야기가 짐작할 수조차 없는 쪽으로 펼쳐졌다.

"단우 말로는 네 안에 깃든 그것이 우리가 걱정하는 그것일지도 모른다고 했어. 단아는 그쪽은 아니라고 했는데, 물론 나는 단아 말을 믿지만, 아직 확실하지는 않아. 흔하디흔한 잡귀라면 단아가 간단하게 제거해 줄 거야. 물론 그것도 네가 준비되어야 가능한 일이긴 해. 만약 우리가 걱정하는 그것이라면, 만에 하나 그렇다면, 그건 너로서는 감당하지 못할 충격이 될 거야. 물론 너뿐 아니라 우리도 감당하기 쉽지 않을 테지만."

내 안에서 속삭이고, 미래를 들려주는 존재가 「누」라고 알려주고 싶었다. 그러면 단우 엄마가 「누」에 관한 비밀을 내게 말해줄지도 모른다. 그러나 어찌 된 영문인지 막상 말하려고 하니 입이 떨어지지 않았다.

"수호환은 그 존재가 너를 집어삼키지 못하게 막아줄 거야."

"제가 그럼 무슨 귀신에 빙의라도 됐다는 말인가요?"

"그와 비슷하지. 그렇지만 영화나 드라마에서 말하는 빙의 같은 건 없어. 귀신은 어떤 경우에도 인간이 지닌 의지나 감정에 상관없이 힘을 발휘하지는 못해. 귀신은 인간보다 약해. 빙의는 인간이 나약해졌을 때 귀신이 지닌 잔류 감정과 공명하면서 벌어지는 현상이야. 그러니까 정확히 말하면 빙의는 없어. 그저 나약함이 있을 뿐이지."

무슨 말인지 이해하기 어려웠다.

"너는 밖이 어떨지 두려워해. 그러나 밖은 안이 없으면 아무 영향을 끼치지 못해. 쉽게 말해서 아무도 널 좌지우지하지 못한다는 뜻이야. 네가 벗어나려고 마음만 먹으면 그 순간부터 바로 자유야."

자유라는 말은 반가우면서도 낯설었다. 그러나 남이 나를 어쩌지 못한다는 말에는 동의하기 어려웠다. 엄마도, 언니도, 선생님도, 나를 괴롭히던 애들도 모두 나를 뒤흔들었다. 나는 그렇게 되고 싶지 않았지만, 그렇게 되고 말았다.

"사냥꾼들은 도대체 뭐죠? 인간 같지 않았어요."

"그들은 인간이면서 인간이 아니야. 처음 탄생할 때부터 이제껏 쭉 그런 존재였어. 오랜 세월 인간들 속에 살면서 인간 위에 군림해 온 자들이야. 그들이 누구인지 설명하려면 많은 시간이 필요해. 아직 네가 감당할 만한 이야기도 아니고."

"다 알고 싶지는 않아요. 다만 그들이 저를 또 잡으러 올지도 몰라서……."

"그건 걱정하지 마. 단우 아빠가 다 처리했으니까. 네가 팔찌만 잘 차고 지내면 그들이 너를 다시 찾아올 일은 없을 거야."

걱정이 덜어지는 답변이었다.

"혹시, 무당……이신가요?"

"내가 무당처럼 보이니?"

"처음 뵀을 때도 그렇고, 지금 하시는 말씀도 그렇고."

"네 눈에는 내가 이상하게 보이겠구나."

단아 엄마가 포근하게 눈웃음을 지었다.

"나는 무당이 아니고 공부하는 사람이야. 무당은……."

단우 엄마의 시선이 단아로 향했다. 단아는 설거지를 마무리하면서 흥얼흥얼 노래를 불렀다. 설거지를 마친 단아는 권민지와 따로 앉아 즐겁게 수다를 떨었다. 둘 사이에서 웃음이 끊이지 않고 이어졌다. 단우 엄마는 작업장에 가본다면서 뒷문으로 나갔고, 나는 혼자 거실에 앉아 있었다. 두 사람이 나누는 대화를 듣다가 까무룩 잠이 들었다.

사람들이 부산하게 움직이는 소리에 잠이 깼다. 권민지가 가려는 참인 것 같았다. 무심코 시계를 확인했더니 기숙사 입실 마감 시간이었다. 사감에게 사정을 말하고 외박하든지 늦게라도 기숙사로 들어가야만 했다. 이 집이 편했지만 잠까지 잘 수는 없었다. 아무래도 기숙사로 돌아가는 게 나을 듯했다.

"어, 유리 일어났네."

권민지가 말했다.

"잘 있어. 나중에 또 보자."

권민지가 손을 흔들었다.

"저, 죄송하지만 제가 기숙사로 돌아가야 하는데……."

"그래? 괜찮으면 내가 데려다줄까?"

"그래 주시면……."

"교수님, 그래도 될까요?"

단우 엄마도 좋다고 했다. 그러더니 팔찌를 꺼냈다. 나는 두 손을 내밀었다. 청록색 팔찌가 양 팔목에 하나씩 채워졌다. 복잡한 기하학 무늬를 빼면 일반 팔찌와 크게 다르지 않았다. 단우와 똑같은 팔찌를 차고 있다는 점에서 묘한 만족감이 일었다. 팔찌를 차자마자 「누」가 전혀 느껴지지 않았다.

"다시 부탁하지만 꼭 차고 다녀. 어떤 상황, 어떤 조건에서도 절대로 빼지 마."

나는 그러겠다고 약속했다.

단우가 차를 타는 곳까지 나를 배웅했다. 고맙다고 말하려는데 차마 입이 떨어지지 않았다.

민지 언니와 차를 타고 가면서 궁금한 점을 물었다.

"단우 엄마는 뭐 하는 분이세요?"

"민속학을 가르치는 교수님이야."

"언……니랑 교수님은 어떻게 알게 되었어요?"

"우리 외삼촌이랑 잘 아는 사이야. 내가 대학 다닐 때 전공 교수님이기도 했고."

자세히 알고 싶었지만, 실례인 듯해서 더는 묻지 않았다.

"단우한테 네 얘기 몇 번 들었어."

"단우가 뭐라고 하던가요?"

"초등학교에 잠깐 다녔을 때 겪었던 사건, 고등학교에 가서 너를 다시 만난 이야기, 뭐 대충 그런 얘기였어."

"제가 별로라고 했겠죠……."

단우와 세화가 친하게 지낸 일이 떠올랐다.

"단우가 그랬어. 너는 강한데 자신이 한없이 약한 줄 안다고."

예상치 못한 평가였다. 나는 늘 약했다. 실력도 약하고 힘도 약했다. 언니한테도 당하기만 하고, 엄마 뜻에 저항 한 번 제대로 못 하면서 지냈다. 그런 내가 강하다니…….

"유리야! 세상에서 가장 무서운 감옥이 뭔지 알아?"

바로 답변하기 힘든 질문이었다.

"바로 생각이라는 감옥이야. 사람이 생각이라는 감옥에 갇히면 꼼짝도 하지 못해. 생각이 지옥이면 삶도 지옥이 되고, 생각이 삐뚤어지면 세상이 다 삐뚤어져 보여."

가슴이 먹먹해졌다.

"네가 약하다고 생각하니까 약한 거야. 교수님이 그랬잖아. 빙의란 없다고 단지 나약함만 있을 뿐이라고. 네가 스스로 나약하다고 믿고, 어떤 거대한 힘에 너를 의지해서 네가 겪는 불행을 한 방에 없애려 한다면, 그 틈바구니로 악령이 끼어들어. 어쩌면 그런 생각 자체가 악령일 거야. 공포는 밖에 없어. 공포는 밖에서 오는 외풍이 아니라 안에서 자라나는 독버섯이야."

나는 창문을 내렸다. 후덥지근한 바람이 머리카락을 흔들었다.


방학 날에 상을 받았다. 다들 부러워했다. 엄마가 나를 칭찬했다. 처음으로 받은 인정이었다. 언니는 관심 없는 척했다. 방학은 집에서 보냈는데 어느 때보다 좋았다. 공부도 잘됐다. 그림도 의도한 대로 그려졌다. 과외 선생님도 나를 거듭 칭찬했다. 엄마는 전혀 간섭하지 않았다. 나는 자유였다. 걸림돌이 아예 없지는 않았다. 바로 언니였다. 언니는 나를 못마땅하게 여겼지만 건드리지는 않았다. 알고 보니 연애 때문이었다. 새로 사귄 남자 친구와 연애하느라 정신이 없었다. 틈만 나면 전화하고 문자 하고 만나느라 바빴다. 언니까지 지워진 방학, 그야말로 완벽했다.

마음 한편에 불안이 없지는 않았다. 이토록 오랫동안 평안한 적이 없었기 때문이다. 이 평화가 무너지면 어쩌나 하는 불안이 꿈틀거렸다. 애써 모른 척했지만 알게 모르게 께름칙했다. 이제까지 내 불안은 늘 현실이 되었다. 이번에는 아닐 거라고 믿고 싶었지만, 이번만 예외일 수는 없을 거라는 걱정이 앞섰다.

예상은 빗나가지 않았다. 역시 나와 평안은 어울리지 않았다. 또 언니였다. 남자 친구와 다투고 돌아온 날, 언니는 이유 없이 심통을 부렸다. 나만 보면 짜증을 냈다. 눈에 띄지 않으려고 방에만 있었더니 이번에는 왜 방에만 처박혀 있냐고 트집을 잡았다. 그러거나 말거나 나는 대꾸도 하지 않았다. 조금이라도 대응하면 그걸 꼬투리로 더 길길이 날뛰기 때문이다. 어차피 언니가 내뱉는 비난은 내게 자동차 소음이나 마찬가지였다.

늦은 저녁에 화장실에 가서 씻고 나올 때였다. 언니가 내 팔찌를 봤다. 그전까지는 집에서도 손목보호대를 늘 차고 지내서 들키지 않았다. 뭐든 트집 잡는 언니도 손목보호대로 시비를 거는 일은 없었다. 손목을 보호하려고 어릴 때부터 찼기 때문이다. 평소에는 그림을 그릴 때만 손목보호대를 찼지만, 언니나 엄마한테 팔찌로 의심을 사기 싫어서 집에서도 계속 차고 지냈다. 그때도 그랬어야 했다. 아무리 잠깐 씻으러 화장실에 들어갔더라도 손목보호대로 팔찌를 가리고 나왔어야 했다. 그 작은 실수가 화근이 되고 말았다.

"그 괴상한 팔찌는 뭐냐?"

대꾸하지 않았다.

"야! 언니 말이 말 같지 않아? 그 괴상한 팔찌는 뭐냐고?"

트집 잡히지 않기 위해 끝까지 대답하지 않았다.

"남자 친구라도 생긴 거야, 뭐야?"

무표정하게 흘려보내야 했는데, 남자 친구란 말이 내 감정을 건드렸다. 단우가 떠올랐다. 어쩌면 팔찌는 남자 친구가 한 선물로 봐도 되었다. 괜히 가슴이 설렜다.

"헐! 얘 봐라. 남자 친구가 선물한 팔찌를 떡 하니 차고 다니는 거야?"

언니는 팔짱을 끼더니 입술 한쪽을 삐딱하게 올렸다.

"나 참, 어이가 없어서. 고딩이 연애질이나 하고."

언니가 늘 하는 빈정거림이었다. 그냥 참아야 했다. 학교에서 전통과 현대를 주제로 내준 숙제 때문에 샀다고 하거나, 과외 선생님이 주신 선물이라고 얼버무려야 했다. 그래야 했는데 그러지 못했다.

"내가 연애를 하든 말든 뭔 상관이야."

언니 눈이 커졌다. 내가 그렇게 대든 적이 없어서 당황한 듯했다. 나는 방문을 쾅 닫으며 내 방으로 들어가 버렸다.

"야! 저게 어디서 언니한테 소리를 질러."

뒤늦게 방문 밖에서 언니가 화를 냈다.

여느 때 같으면 방문을 두드리거나 강제로 밀고 들어올 언니였다. 이상하게도 그때는 그렇게 끝났다. 아니 끝난 줄 알았다.

아침에 일어난 뒤에야 나는 언니가 한 짓을 알아차렸다. 내가 잠든 사이에 내 손목 팔찌 하나를 가져가 버린 것이다. 사라진 팔찌는 수호환이었다. 수호환이 사라지자마자 「누」가 꿈틀거렸다. 작은 움직임이었지만 바로 알아차렸다. 덜컥 두려움이 일었다. 언니 방으로 갔다.

"내 팔찌 내놔."

"뭔 팔찌?"

언니는 휴대전화를 만지며 내 쪽은 보는 척도 하지 않았다.

"빨리 내놔."

"네 팔찌를 왜 나한테서 찾아?"

"언니가 가져갔잖아!"

"내가 도둑질이라도 했다는 거야?"

언니가 침대에서 벌떡 일어났다.

"내가 잠들었을 때 몰래 가져갔잖아. 빨리 내놔."

"이게 연애를 하더니 간이 배 밖으로 나왔구나."

언니가 침대 밖으로 발을 내디뎠다.

이 상황에서 물러서지 않고 더 요구하면 싸움을 각오해야 한다. 어릴 때는 몇 번 싸웠다. 물론 그때는 몸집이 작은 내가 맨날 두들겨 맞았다. 이제 맞기만 하지는 않을 것이다. 그렇지만 뒷감당할 자신이 없었다. 엄마는 당연히 언니 편을 들 것이다. 겨우 엄마에게 인정받았는데 이런 싸움으로 잃어버리고 싶지 않았다.

내 말을 들을 언니도 아니고, 싸울 수도 없다면 물러나야만 한다. 내 방으로 돌아왔는데 화가 식지 않았다. 속이 부글부글 끓었다.

'언니를 혼내줄까?'

흠칫 놀랐다.

'언니한테 화났잖아?'

「누」가 다시 말을 걸었다.

'언니를 혼내줄까?'

언니를 혼내주고 싶었지만 무서웠다. 언니도 세화처럼 만들어버릴

까 봐 겁났다. 단우가 생각났다. 또다시 단우를 실망시키고 싶지 않았
다. 끓어오르는 충동을 온 힘을 다해 눌렀다.

'언니를 혼내주고 싶으면 언제든지 말해.'

나는 힘껏 고개를 저었다. 나는 손목보호대로 은둔환을 꼼꼼하게
가렸다. 언니한테 더는 아무 소리도 하지 않았다. 웬만하면 방에서 나
가지도 않았다. 밤에 잘 때도 손목보호대를 풀지 않았다. 방문에 시끄
러운 종을 달아서 문을 열면 바로 소리가 나게 했다. 언니는 저지른 짓
이 있어선지 더는 나를 괴롭히지 않았다.


개학 하루 전에 기숙사로 갔다. 집에서 벗어나니 속이 시원했다. 개
학식을 하고 단우를 만났다. 단우는 반갑게 나에게 말을 걸었다. 심지
어 단아조차 나를 살갑게 대했다. 생강이도 내게 와서 애교를 부렸다.
언니가 수호환을 가져갔다는 말은 굳이 꺼내지 않았다. 수호환이 사
라졌지만 걱정과 달리 별다른 변화가 없었다. 「누」는 그날 이후 다시
말을 걸지 않았고, 예전처럼 내일 일어날 일을 들려주지도 않았다. 아
예 내게서 떠난 게 아닌가 하는 생각이 들 정도였다.


일요일이었다. 새 물감을 사려고 문구백화점에 들렀다. 방학 동안
그림을 많이 그려서 물감이 거의 떨어졌기 때문이다. 꼼꼼하게 물감
을 다 고른 뒤에 문구백화점을 구경했다. 귀엽고 탐나는 상품이 넘쳤
다. 사고 싶은 유혹을 누르다 강아지 인형에 굴복하고 말았다. 생강이

가 떠올라 도저히 충동을 이겨낼 수 없었다. 물감은 가방에 넣고, 인형은 품에 안고 밖으로 나왔다. 문구백화점 정면에 거대한 쇼핑센터가 보였다. 대형마트, 옷가게, 백화점, 영화관, 음식점, 노래방, 게임방 등 없는 게 없는 건물이다. 우리 동네 중·고등학생들이 놀러 갈 때면 1순위로 꼽는 곳이었다. 그냥 집으로 돌아가려다 마음을 고쳐먹었다. 한가하게 구경할 기회가 흔치 않으니 편안하게 돌아다니기로 했다.

강아지 인형을 꼭 안고 횡단보도 쪽으로 몸을 돌렸다. 한 발자국 내딛는데 갑자기 택시 한 대가 급정거했다. 문이 확 열리며 승객이 급하게 내렸다. 무심코 보다가 기겁했다. 그도 그럴 것이 어떤 남자애가 피범벅이 된 고양이를 옷으로 감싸 안고 있었다. 내 또래로 보였는데 슬픔과 분노가 뒤범벅된 표정이었다. 눈이 피를 쏟아낸 듯이 붉었다.

곧이어 택시에서 여자애가 따라 내렸다.

"강산아! 같이 가!"

크게 다친 고양이를 품에 안은 남자애는 동물병원으로 뛰어갔다. 동물병원 입구에는 '24시간 응급 동물치료'라는 문구가 선명했다. 가슴이 먹먹했다. 안타까움을 안고 횡단보도 앞에 섰다. 빨간불로 바뀌었는데 사람들이 뛰어서 건너왔다. 빨간 신호등과 붉은 피, 조금 전에 보았던 핏빛 눈동자가 겹쳐 떠올랐다. 고양이가 죽으면 무슨 일이라도 저지를 듯한 분노가 서린 눈동자였다.

건너편 버스정류장에 낡은 버스가 섰다. 딱 봐도 시골에서 올라온 어르신들이었다. 다들 머리가 희끗희끗하고 허리와 어깨가 구부정했다. 어르신들 손에는 피켓이 하나씩 들려 있었다. 버스에서 내린 어르신들은 갈 곳을 정하지 못한 듯 우왕좌왕했다. 그때 한 여자애가 나타나더니 손을 휘저으며 어르신들을 지휘했다. 여자애 손짓에 따라 어르신들이 줄을 맞춰 서더니 피켓을 높이 들었다.

"농촌마을 파괴하는 관광단지 반대한다!"

여자애가 내지르는 구호가 자동차와 사람들이 내는 소음을 뚫고 나한테까지 들렸다.

"반대한다! 반대한다!"

어르신들은 여자애가 구호를 외치면, 마지막 단어를 두 번씩 반복했다.

신호등이 초록빛으로 바뀌었다. 횡단보도를 건너면서도 내 시선은 여전히 피켓을 든 시위대를 따라갔다.

'저 애는 뭐지?'

피켓을 든 어르신들 사이로 조금 키가 작은 남자애가 보였다. 앞에서 시위를 이끄는 여자애와 묘한 대조를 이루며 눈길을 끌었다. 횡단보도를 건너가자 얼굴이 뚜렷하게 보였다.

'어쩜 저렇게 잘생겼을까?'

나뿐 아니라 지나가는 사람들도 모두 그 남자애만 쳐다봤다. 키가 조금만 더 크면 아이돌이라고 해도 믿을 외모였다. 잘생긴 남자애한테 시선을 둔 채 시위대 앞을 지나는데 익숙한 목소리가 들렸다.

"야, 남자인 네가 좀 들어."

"이럴 때만 남자 여자 따지냐?"

단아와 단우였다.

"기사도 좀 발휘해."

"어휴, 이럴 땐 꼭 약한 척."

둘은 정차한 버스에 타며 티격태격했다. 단아는 채소와 고기가 가득 든 장바구니를 바닥에 내려놓더니 빈 몸으로 버스에 올라버렸다.

"버스카드는 나한테 있어."

단아가 지갑을 흔들었다.

"지갑을 너한테 맡기는 게 아니었는데."

단우는 투덜거리면서 장바구니 세 개를 다 들고 뒤따라 올라갔다. 단아와 단우는 영락없는 현실 남매였다.

아는 체하려다 그만두었다. 단아는 버스카드를 단말기에 대더니 뒤로 성큼성큼 걸어갔다. 단우는 짐을 들고 그 뒤를 따랐다. 버스 앞문이 닫혔다. 단아는 자리에 앉았고, 단우는 그 앞에 섰다. 버스가 움직였다. 나는 그때까지 단우한테 시선을 떼지 않았다. 단우가 나를 향해 손을 흔들었다. 나를 본 모양이었다. 나도 손을 흔들었다. 단우가 나를 알아보다니 기분이 좋았다.

시위대를 지나 쇼핑센터 입구로 걸어갔다. 입구는 사람들로 북적였다. 입구로 오르는 계단에 발을 올려놓는데 바닥에서 진동이 느껴졌다. 그대로 멈춰 서서 주위를 살폈다. 나뿐 아니라 다른 사람들도 제자리에 멈췄다. 진동은 점점 강해졌다. 사람들이 놀라서 내지르는 비명이 들렸다. 지진 같았다. 몸을 숙였다.

"쾅!"

폭탄이 터지는 듯한 굉음이 들리더니 바로 뒤에서 물이 하늘로 솟구쳤다. 수도관을 뚫고 나온 물은 분수처럼 위로 솟아오르더니 회오리로 바뀌었다. 갑자기 노래가 들렸다.

발길이 끊어진 외로운 길 위에

울음도 떠나간 무너진 집 앞에~ ♪

처음에는 또다시 환청이 들리는 줄 알았다. 「누」가 예전처럼 내일 벌어질 일을 들려주는 줄 알았다.

"무슨 노랫소리가 들리지 않아?"

"저 물회오리에서 노래가 나와!"

다른 사람들도 나와 같은 노래를 듣고 있었다. 환청이 아니라 다행이지만 두려움이 사라지는 않았다. 회오리에서 노래가 들리는 상황에 공포를 느끼지 않을 사람은 없다. 회오리는 점점 강해졌고, 그에 맞춰 노랫소리도 커졌다.

곰팡이 얼룩진 비릿한 벽 안에

어둠도 외면한 새까만 꿈속에~ ♪ ♬

몸이 맹렬한 회오리에 휘청댔다. 쓰러지고 엎어지는 사람이 속출했다. 사람들이 놀라 도망쳤다. 계속 그 자리에 있으면 위험했다. 계단에 발을 딛고 오르려는데 강렬한 힘이 나를 잡아끌었다. 뒤로 넘어졌다. 위험천만한 상황이었다. 정신이 아득했다.

"조심해!"

외마디 말과 함께 몸이 공중에서 멈췄다. 부드러운 손이 나를 잡았다. 뒤로 잡아끄는 힘이 사라졌다. 나는 발을 옮겨 중심을 잡았다.

"괜찮니?"

손처럼 목소리도 부드러웠다. 넘어지는 나를 붙잡은 사람이 누군지 보려고 시선을 돌렸다. 강렬하게 회전하던 회오리가 하수구에 물이 빨려 들어가듯이 바닥으로 사라지는 것이 보였다. 회오리가 사라진 수도관에서 물이 시냇물처럼 흘러나왔다.

"감사합니다."

내 또래 여자였지만 나도 모르게 존댓말이 나왔다.

여자는 작게 웃었다. 눈이 참 맑았다. 빛 하나 없는 밤하늘보다 깊고 짙었다. 그대로 빨려 들어가고 싶은 눈동자였다.

두두두두두.

갑자기 속이 끓어올랐다. 꽉 막아놓았던 둑이 무너지는 듯했다. 「누」가 요동을 쳤다. 엄청난 움직임이었다. 내 몸을 이루는 모든 세포가 그 파동에 반응했다. 오직 눈동자밖에 없었다. 거대한 눈동자가 나를 집어삼켰다. 더는 보고 싶지 않았다. 눈을 돌리고 싶었다.

그러나 피할 수 없었다. 붙잡혀서 꼼짝도 하지 못했다. 한 줄기 빛이 느껴졌다. 빛이 내 안으로 들어왔다. 빛이 「누」와 뒤엉켰다. 폭주하던 「누」가 점점 잦아들더니 너울처럼 흔들렸다. 강렬한 힘이 나에게도 전해졌다. 무엇이든 해낼 만한 힘이었다. 무서운 힘이었다. 그 느낌 안에서 길고 긴 시간 동안 머물렀다.

"저, 언니! 이거 언니 인형 아니에요?"

초등학생쯤 되어 보이는 여자아이가 축축하게 젖은 강아지 인형을 내게 내밀었다.

"고, 고마워."

주변을 둘러봤지만 짙은 눈동자를 지닌 그 여자는 사라지고 없었다.

"소미야, 신발 젖어. 조심해."

그리고 보니 내 신발이 물에 젖어 축축했다.

"응, 언니. 조심할게."

아이가 참 밝았다. 언니도 다정했다. 아이는 종종걸음으로 언니에게 갔다. 언니는 아이 신발을 살피더니 머리를 쓰다듬었다. 자매는 손을 꼭 잡더니 쇼핑센터 안으로 들어갔다. 부러운 자매였다. 내 언니를 떠올리니 괜히 짜증이 났다.


현관으로 들어서는데 언니가 나를 보자마자 욕을 했다. 이유가 없었다. 그냥 욕부터 해댔다. 가만 보니 남자 친구와 완전히 깨진 모양이었다. 언니는 모든 짜증을 나한테 쏟아냈다. 이럴 때는 대거리하면 안 된다. 피하는 게 상책이다. 나는 모른 척하고 내 방으로 들어갔다. 문을 잠그려는데 언니가 힘으로 밀고 들어왔다. 그러거나 말거나 나는 가방을 내려놓고, 젖은 인형을 책상 위에 올려놓았다.

"언니 말이 말 같지 않아!"

언니가 갑자기 가방을 집어 들었다. 가방을 낚아채려 했지만 언니 손이 더 빨랐다. 언니는 가방을 들고 방을 나갔다. 불길한 예감이 들었다. 재빨리 뒤따라갔다. 언니는 내 가방 안에서 물감을 빼냈다. 던질 기세였다.

"던지지 마!"

내가 소리쳤다.

"얻다 대고 큰소리야?"

언니는 새로 산 물감을 통째로 화장실을 향해 집어 던졌다. 물감이 화장실 벽에 부딪혀 바닥에 떨어졌다.

"뭐 하는 짓이야?"

나는 있는 힘껏 악을 썼다. 물감을 챙기려고 화장실로 가려는데 언니가 나를 못 가게 붙잡았다.

"놔! 놓으란 말이야!"

발버둥 쳤지만 언니 힘에 밀렸다. 어릴 때부터 힘으로 언니를 이긴 적이 없었다. 커서 덩치가 비슷해졌는데도 이상하게 힘쓰는 일에는 상대가 되지 않았다. 나는 바닥에 쓰러졌고, 언니는 화장실로 들어갔다. 언니는 물감을 한 번 더 세게 바닥에 집어 던졌다. 그러고는 발로 짓밟았다. 물감이 피를 흘렸다.

"이 ×××아!"

나도 모르게 욕이 나왔다.

"너, 뭐라고 그랬어? 감히 언니한테 욕을 해?"

언니가 악마 같았다.

"너 따위가 언니야? 확 죽어……."

'죽어버려'라고 내뱉으려다 입을 다물었다. 왜 그런 느낌이 들었는지는 모르겠다. 죽어버리라고 하면 정말 죽어버릴 것만 같았다. 물론 언니가 죽으면 좋겠다. 언니가 사라지면 좋겠다. 그러나 내가 죽이고 싶지는 않았다. 내 말로 언니가 죽게 만들고 싶지는 않았다. 다른 데가서 사고로 죽어버리기를 바랐다. 나와 아무 상관없는 데서 죽기를 바랐다. 이런 상황에서 언니가 죽으면 엄마는 모든 책임을 나에게 물을 것이다. 그건 죽기보다 싫었다.

"확 넘어져서 팔다리나 부러져 버려!"

어깨가 들썩거리고 숨이 찼다.

'아쉽군. 죽어버리라고 빌었으면 더 좋았을 텐데. 아쉬운 대로 들어주지. 네 소원이 팔다리가 부러지는 거라면.'

「누」가 징글맞게 속삭였다. 소름이 끼쳤다.

"저게 언니한테……."

언니는 씩씩대더니 발을 쿵쾅거리며 화장실에서 나오려고 했다. 화장실을 막 나오려다가 발을 잘못 짚었는지 뒤로 넘어졌다.

"어, 어머!"

외마디 소리를 지르며 언니가 뒤로 넘어졌다.

"아아악!"

쓰러진 언니가 비명을 지르며 몸부림쳤다.

"다리……가 팔이……, 흑흑."

언니가 몸을 부르르 떨었다.

때마침 집에는 엄마도 없었다. 아빠는 당연히 없었다. 나는 119에 전화하려다 멈추었다. 저 고통을 더 길게 겪기를 바랐다. 더 길게 아프기를 바랐다. 잔인한 복수심이었지만, 그동안 당한 것에 견주면 약과였기 때문이다. 내 안에서 사악한 웃음이 번졌다. 「누」도 같이 웃었다.

언니는 화장실에서 뒹굴며 고통스러워했다. 비명은 점점 심해지다가 어느 순간 잦아들었다. 입에 거품이 일었다. 언니는 정신을 잃었다. 그대로 두면 어떻게 될지 몰라 119에 전화를 걸었다. 그다음에 엄마에게 전화했다. 엄마는 놀라서 나를 야단칠 경황도 없었다. 119구조대가 최대한 늦게 오기를 바랐지만, 구조대는 내 예상보다 훨씬 빨리 도착했다. 나는 구조대에게 엄마 아빠의 연락처를 주었다. 언니가 실려 가고 나는 화장실을 치웠다.

"아야!"

깨진 물감 통에 손을 베었다. 꽤나 깊은 상처인지 지혈이 쉽지 않았다. 오랫동안 누르고 있다가 약을 바른 뒤에야 피가 멈췄다. 물감은 망가지고 손까지 다쳤지만, 팔다리가 부러진 언니를 떠올리니 기분이 좋았다. 아니, 통쾌했다.

모든 정리를 끝내고 방으로 들어오는데 낯선 소리가 들렸다. 또다시 환청이었다. 그런데 이번에는 잠깐 들리고 마는 게 아니라 쉼 없이 들렸다. 고통과 괴로움에 치를 떠는 소리였다. 부서지고 깨지는 소리였다.

수호환, 수호환을 차야 했다. 언니 방을 뒤졌지만 아무리 뒤져도 없었다.

'단우에게 연락할까?'

단우는 휴대전화가 없다. 집 전화번호는 모른다. 선생님에게 물어볼 수도 없는 노릇이었다. 은둔환을 찬 왼 손목이 아릿했다. 손목보호대를 풀었다. 은둔환에서 은은한 빛이 났다.

'이게 도대체 무슨 일이지?'

# 나는 외롭다

07

혼자 밥을 차려 먹고 용돈을 확인했다. 물감 사는 데 돈을 많이 써서 기숙사까지 갈 택시비가 모자랐다. 몇 번이나 전화했지만 엄마는 응답이 없었다. 마지못해 아빠에게 전화했는데 계속 음성사서함으로 넘어갔다. 하는 수 없이 과외 선생님에게 부탁했다. 선생님이 내 체크카드 통장으로 돈을 부쳐주었다. 택시를 불러 늦지 않게 기숙사로 갔다.

기숙사에 들어가니 지수가 짐을 정리하고 있었다. 내가 가볍게 안부를 건넸지만 지수는 아는 체도 하지 않았다. 불이 꺼질 때까지 방은 무덤처럼 조용했다. 지수에게 말을 걸어볼까 하다가 그만두었다. 무슨 말을 어떻게 해야 할지 갈피를 잡기 힘들었다. 나는 지수와 멀어지기 싫었다. 세화도 사라졌으니 지수와 다시 옛날 관계로 돌아가고 싶었다. 마음은 간절했지만 가까워질 길은 막막했다.

답답함에 잠이 오지 않았다. 억지로 잠을 자려고 뒤척이는데 귀가 웅웅거렸다. 또다시 환청이었다. 물을 트는 소리, 물이 폭포처럼 쏟아지는 소리, 비명을 지르며 넘어지는 소리, 저주를 담은 증오, 물건이 깨지고 부서지는 소리, 숨이 넘어가며 고통스러워하는 소리. 그 뒤로 사람들이 놀라고, 응급차가 출동하면서 내는 사이렌 소리가 이어졌다. 집에서 들었던 환청과 같았다. 아는 목소리가 나오는지 정신을 집중했지만 모든 소리가 낯설었다.

'이게 도대체 무슨 일이야?'

「누」에게 물었다.

'늘 그렇듯이 내일 벌어질 일이지.'

새로운 환청이 이어졌다. 화장실 물을 내리는 소리가 들리더니, 물이 폭포처럼 터지고 또다시 숨이 넘어가고 부서지는 소리가 났다. 숨이 답답해서 얼른 일어났다. 물을 마시려는데 물이 꿈틀거리는 착각이 들었다. 놀라서 잔을 떨어뜨릴 뻔했다.

다시 침대로 돌아왔다. 이번에는 익숙한 목소리가 들렸다. 미주와 예서가 나누는 대화였다.

'세화 아빠 얘기를 유리가 먼저 했단 말이지?'

'그렇다니까. 나야 그때 너 때문에 놀라서 아무 생각 없이 말을 전했어.'

'내가 맨날 얘기했잖아. 너는 그 입 좀 조심해야 한다고.'

'미안해.'

'웃기는 년이네. 뒤로 험담해 놓고 세화가 만든 작품으로 1등을 하고.'

'1등은 너였어. 걔가 마지막에 빼앗은 거나 다름없잖아. 드라마에 나오는 악녀 같다니까.'

'우리끼리 고민해서 만들었는데, 비슷한 작품이 있는 줄 어떻게 알았겠어. 운이 나빴지.'

'어쩜 그렇게 착하냐? 나 같으면 억울해서 못 참을 텐데.'

'어쩌겠어. 쌤들이야 그럴 수밖에 없지. 그나저나 그년은 어떻게 그걸 찾아냈을까? 우리 작품을 다른 모둠에 보여준 적이 없는데.'

'그년이 몰래 봤을 거야.'

'그치? 네 생각도 그렇지?'

'아니면 마지막 심의 때 웬만해서는 찾기도 힘든 블로그를 어떻게 찾아냈겠어.'

'하여튼 못된 년이야.'

귀를 막았지만 둘이 나누는 험담은 계속 이어졌다. 숨이 막혔다. 목이 말랐지만 물을 마시러 가기가 겁났다.

'지수 넌 어때?'

지수도 같이 있단 말인가?

'혼자 하면 제 실력이 드러나겠지.'

'그치! 세화랑 너한테 얹혀 간 주제에 잘난 척은······.'

'꼴등으로 들어왔으니 곧 바닥을 드러낼 거야.'

지수 입에서 꼴등이라는 말이 나왔다. 날카로운 칼이 가슴을 찔렀다. 심장에서 뿜어진 피고름이 온몸으로 퍼졌다. 이가 덜덜 떨렸다. 이불을 머리끝까지 뒤집어썼다. 온몸이 깊은 나락으로 빨려들었다.


잠을 거의 자지 못했다. 아침을 먹고 싶지 않아 생강이 간식을 챙겨서 운동장으로 나갔다. 경비실 앞에 얌전히 있던 생강이가 나를 보더니 뛰어왔다. 쭈그리고 앉아 간식을 내미는데 생강이가 우뚝 멈췄다.

"생강아, 왜 그래?"

종종걸음으로 생강이에게 다가가자 나를 피했다.

"이거 간식이야."

생강이는 계속 피했다. 몸을 일으켰다. 원래 먹던 방식대로 간식을 높이 던졌다. 간식이 하늘 높이 올라갔다가 바닥에 떨어졌지만, 생강이는 제자리에서 꿈쩍도 하지 않았다. 내가 다시 다가가자 생강이는 세차게 짖어대더니 나를 피해서 멀리 도망쳤다.

'설마, 「누」 때문인 걸까?'

수호환이 필요했다. 아무래도 단우에게 말해야겠다.


1교시가 되도록 단우가 나타나지 않았다. 망설이다가 선생님에게 어찌 된 일인지 물었다.

"단우가 몸이 아파서 못 온대. 단아도 같이 아픈가 봐. 쌍둥이라더니 아파도 동시에 아프네."

어제 낮에 시내에서 봤을 때는 둘 다 멀쩡했다. 그새 무슨 일이 생겼을까?

'혹시 네가 단우를 해코지한 건 아니지?'

「누」에게 물었지만 답은 없었다.


오후 전공수업 때 책자를 받았다. 민간인학살 발굴단이 낸 1차 활동보고서였다. 첫 페이지를 넘기자마자 내 이름이 나왔다. 나란히 적힌 지수 이름도 보였다. 한 페이지를 더 넘기니 표지디자인을 우리 학교에 맡긴 이유와 함께 표지에 담긴 의미를 소개하는 내용이 있었다. 몇 번이나 반복해서 읽었다. 내 인생을 환하게 빛내줄 글이라 자랑스러웠다. 몇 페이지를 더 넘기다 얼른 덮었다. 끔찍한 사진들은 보고 싶지 않았다. 선생님은 나와 지수를 아낌없이 칭찬했고, 나는 한껏 들떴다. 질투하는 시선 따위는 부담스럽지 않았다. 도리어 즐겼다. 나는 이런 시선을 받고 싶었다.


그다음 시간은 김충원 선생님 수업이었다. 선생님은 우리를 또다시 옛 건물로 불러냈다. 선생님은 기획과 전시에 대한 강의를 길게 늘어놓았다. 여느 때 같지 않게 긴 설명이었다. 중요한 설명인 것 같아서 꼼꼼히 기록하며 경청했다. 마무리할 때쯤에야 선생님이 긴 설명을 풀어놓은 까닭을 드러냈다.

"여기서 전시회를 열 거야."

혹시나 했는데 역시였다.

"그동안 이 건물을 주제로 표현했던 작품과 새로운 작품을 모아서 전시회를 기획할 거야. 각자 독자적인 공간을 선정하고, 자기 방식대로 그 공간을 꾸미면 돼. 그냥 전시만 하면 안 되고, 전시회 제목을 붙이고 설명 자료도 만들어야 해. 당연하지만 중간중간 선생님들이 너희가 세운 기획안을 점검하고 지도하는 과정을 밟을 거야. 1학년 2학기 디자인과에서 하는 가장 중요한 프로젝트니까 열심히 해봐. 건물 벽이나 시설을 훼손하면 안 되니 주의하고."

선생님은 건물을 둘러보며 각자 전시할 공간을 선정하라고 했다. 건물을 돌아다니다 마음에 드는 곳을 정했는데, 엉뚱한 애가 와서 자기가 하겠다고 고집을 부렸다. 내가 먼저 정했다고 하자 다른 애들까지 와서 나를 몰아붙였다. 싸우고 싶지 않아서 피했다. 다시 마음에 드는 곳을 골랐는데 또 똑같은 일이 벌어졌다. 나는 순순히 양보하고 물러났다. 밀리고 밀린 나는 '그' 방을 선택해야만 했다. 세화가 쓰러진 그 방은 아무도 노리지 않았다.

그 방에 내 이름이 적힌 포스트잇을 붙였다. 사진을 찍고 선생님에게 전송했다. 방을 나오는데 미주와 예서가 나를 흘깃 보면서 속닥거렸다. 바로 옆에는 지수도 있었다. 소리가 들리지는 않았지만 궁금하지 않았다. 무슨 말을 하는지 어제 이미 「누」가 들려줬기 때문이다. 나는 그들을 피해서 돌아갔다.

'화나지 않아?'

「누」가 부글거리는 내 속을 대놓고 건드렸다.

'내가 혼내줄까?'

언니가 당하는 꼴을 보지 않았다면 곧바로 그렇게 해달라고 했을 것이다. 미주나 나라가 언니처럼 거품을 물고 정신을 잃기를 바라지는 않았다. 물론 지수가 그렇게 되기는 더더욱 바라지 않았다.


저녁을 먹고 기숙사로 가는데 엄마한테 전화가 왔다.

"너, 언니가 쓰러졌는데 119에 곧바로 연락하지 않았다며?"

언니가 깨어난 모양이었다.

"당황해서 그랬어."

나는 차분하게 대꾸했다.

"자꾸 거짓말할래?"

늘 당하는 구박이었다.

"거짓말이 아니야. 처음 겪는 일이었잖아."

"쓰러진 언니를 보고 웃었다며?"

내가 웃었을까? 그건 모르겠다.

"네가 사람이니?"

엄마는 갑자기 험한 말을 쏟아냈다. 나는 변명을 늘어놓지 않고 그냥 듣기만 했다. 흘려보내려 했지만 욕을 듣고 있자니 독기가 감정을 건드렸다. 단우가 옆에 있다면 좋겠다. 단우와 얘기하고 싶다. 단우에게 내 속마음을 털어놓고 싶다. 하필 이럴 때 단우가 없다니……. 세상에 나밖에 없다. 나는 혼자다.

침대에 누웠는데 다시 소리가 들렸다. 불에 타는 소리, 소방차 소리, 죽음에 몰린 사람들이 내뱉는 절규…… 익숙한 목소리는 하나도 없었다. 아무래도 화재현장에서 나는 소리 같았다. 도대체 화재현장 소리가 왜 내게 들리는 걸까? 「누」에게 물어도 대답은 돌아오지 않았다. 또다시 불면증에 시달렸다. 괴로워서 신음이 새어 나왔다. 지수가 뒤척였다. 분명히 내 신음을 들었을 것이다. 그렇지만 지수는 모르는 척 그냥 잤다.

자만풍 동아리원들이 내 험담을 하는 소리도 들렸다. 미주와 나라가 했던 험담과 같았다. 이미 한 번 들은 말이라 상처받지는 않았다. 그러나 지수 입에서 나온 말을 그냥 넘기기는 힘들었다.

"나는 상을 거절하고 싶었어."

그 어떤 말보다 내게 상처가 되었다. 자기도 상을 받았고 이름도 올랐으면서, 나처럼 혜택은 다 받았으면서 자기만 좋은 사람인 척하는 지수가 싫어졌다.

또다시 거의 자지 못한 채 아침을 맞았다. 단우는 여전히 학교에 나오지 않았다. 생강이도 계속 나를 피했다. 애들은 몰래 내 험담을 계속했다. 외롭고 서글펐다. 화가 쌓여갔다. 다 때려 부숴버리고 싶었다.

너희 따위가 뭐라고…….


점심시간이 시끄러웠다. 시내 북쪽에 있는 소각장에서 큰 화재가 나서 많은 사람이 다쳤다는 뉴스 때문이었다. 어젯밤에 들었던 소리가 떠올랐다. 사실이었다. 그렇다면 그저께 들었던 소리도 어제 어느 곳에서 일어났다는 말이 된다. 내 앞날처럼 이 도시도 불길함에 먹히고 있는 걸까?


전시회 기획을 위해 그 방에 들어갔다. 혼자 전시회를 하기에 적절한 공간이었다. 공간을 꼼꼼히 살피며 기획을 구상하는데 노래가 들렸다.


발길이 끊어진 외로운 길 위에
울음도 떠나간 무너진 집 앞에
곰팡이 얼룩진 비릿한 벽 안에
어둠도 외면한 새까만 꿈속에~ ♪ 🎵


쇼핑센터 앞에서 들었던 바로 그 노래였다. 노래는 사방에서 들렸다. 온갖 집에서 다 들렸다. 썩은 물이 나온다는 짜증, 구토하는 사람들, 집 안이 부서지고 다치면서 고통스러워하는 신음, 숨이 막혀 죽어가는 사람들…….

이 사건이 정말 벌어진다면 어찌 될까? 두려웠다. 이가 떨릴 지경이었다. 통곡이 내 안에서도 울렸다.

"그만해! 그만해! 그만하란 말이야!"

귀를 막고 소리를 질렀다.

머리가 하애졌다.

눈을 떠 보니 병원 응급실이었다. 몸을 일으켰다.

"어, 학생! 정신이 들어요?"

간호사가 다가왔다.

귀가 먹먹했다. 머리가 진흙탕이었다.

"소리……가 들려요."

내가 중얼거렸다.

"온갖 곳에서 노래가 들려요. 사람들이 노래 때문에 잠을 못 자요. 수도꼭지에서 썩은 물이 나온다고 난리예요. 구토가 이어지고, 물과 음식을 찾아 혼란이 벌어져요. 어떤 집은 다 박살 나요. 다치고, 숨이 막혀 죽어가고."

간호사는 묻지 않고 내 말을 빠르게 적기만 했다.

"도망쳐야 해요. 다 죽을 거예요."

"계속 귀에서 소리가 들리나요?"

간호사가 물었다.

"무서워요. 노래가 온갖 곳에서 다 들리고, 사람들은 고통스러워하고……."

"그렇군요. 힘들 테니 잠깐 쉬어요."

엄마가 왔다. 간호사가 엄마에게 내가 한 말을 전했다. 엄마가 얼굴을 일그러뜨렸다. 그 표정이 마치 괴물 같았다.

"언니가 다쳐서 안 그래도 힘든데, 도대체 너까지 왜 그러니?"

역시 엄마는 내 예상을 벗어나지 않았다.

"지금도 환청이 들려?"

환청이 아니라고 주장하려다 그만두었다. 내일 일어날 일이 들린다는 내 말을 엄마가 믿어줄 리 없었다. 나를 정신병자 취급하지 않으면 다행이다.

"아니요, 지금은 안 들려요."

사실이 아니었다. 그 순간에도 소리가 끊임없이 들렸다.

"쉬고 싶어요, 집에서."

엄마가 간호사를 봤다.

"조금 더 안정을 취하는 게 좋아요."

"아니요, 전 안 아파요."

나는 팔에 꽂힌 주삿바늘을 확 빼버렸다. 신발을 찾아 신고 일어났다. 엄마는 한숨을 쉬더니 나를 뒤따라 나왔다. 엄마가 나를 주차장으로 데려갔다. 택시 태워 보낼 줄 알았는데 뜻밖이었다. 예상치 못한 행동이었다. 언니를 두고 나를 챙기다니.

"언니는?"

"깁스하고 누워 있어."

왜 언니를 두고 나를 챙기는지 물어본 거였는데, 엄마는 엉뚱한 소리를 했다. 차에 올라 엄마가 시동을 걸었다.

"정말 환청이 들리니?"

"환청이 아니라 앞으로 일어날 일이야. 온갖 곳에서 노래가 들려. 사람들이 잠도 못 자고, 썩은 물로 고통받고……."

엄마가 한숨을 내쉬었다.

"이상한 눈으로 보지 마. 내일이 되면 알 거야, 내 말이 진실인지 거짓인지."

엄마는 더이상 아무 소리 없이 운전하더니, 나를 집에 내려놓고 곧바로 가버렸다.


그날 밤, 아빠는 들어오지 않았다. 엄마는 언니 간호 때문에 병원에 있겠다고 했다. 혼자서 밤을 보냈다. 잠을 자다가 노랫소리에 깼다. 집 안 곳곳에서 노래가 들렸다. 아파트 단지가 시끄러웠다. 수돗물을 틀었다. 썩은 물이 나왔다. 두려움에 제대로 잠을 자지 못했다. 아침이 되자 텔레비전에서 긴급뉴스가 쏟아졌다.

엄마가 들어왔다. 엄마는 나를 학교에 데려다주려다 내 상태를 보고 생각을 바꿨다. 하루 더 쉬라고 하면서 담임 선생님에게 전화를 걸었다. 썩은 물이 나오니 요리를 할 수 없었다. 정수기도 물을 맑게 하지 못했다. 물이 없으니 씻지도 못했다. 엄마가 밖으로 나가더니 한참

만에야 도시락과 물을 사 왔다. 엄마와 단둘이 도시락을 먹었다. 밥 먹는 내내 어색했다. 도시락을 먹던 엄마가 갑자기 한숨을 내쉬었다. 그 한숨이 나를 건드렸다. 오랫동안 품었던 질문이 나도 모르게 진흙탕을 비집고 흘러나왔다.

"엄마는 왜 그런 거야?"

"뭘 말이니?"

반찬을 집는 엄마 손이 느려졌다.

"왜 언니만 사랑해?"

엄마 손이 멈췄다.

"나는 엄마 딸이 아니야?"

엄마가 반찬을 내려놓더니 나를 물끄러미 봤다. 표정에 담긴 속마음을 읽으려고 했지만 전혀 읽히지 않았다.

"밥이나 먹어."

엄마 손이 다시 움직였다.

"나는 엄마 딸이 아니구나."

"이상한 소리 그만해."

"이상한 건 엄마지 내가 아니야."

엄마는 더는 내 말에 대꾸하지 않았다.

더 몰아붙이려는데 귀가 웅웅거렸다. 바람 소리가 들리더니 점점 거세졌다. 온갖 물건들이 바람에 휘말려 깨지고 날아갔다. 유리창이 깨지고, 건물이 송두리째 날아가고, 사람들이 으깨졌다. 엄청난 재난이었다. 건물도 날려버릴 엄청난 폭풍이 도시로 밀어닥쳤다. 도시 전체가 위험했다. 도망가야 한다. 이대로 있다가 폭풍이 몰아치면 모두 죽는다.

"도망쳐야 해."

내가 중얼거렸다.

엄마와 눈이 마주쳤다.

"도망쳐야 해."

"뭔 소리야?"

"내일 이 도시는 파괴될 거야."

"설마, 또 환청이 들리는 거니?"

"환청이 아니야. 진짜야. 진짜라고!"

"너 정말……."

엄마는 젓가락을 내려놓더니 벌떡 일어났다.

엄마는 병원으로 가자고 했다. 나는 안 가겠다고 고집을 부렸지만, 병원에 안 가면 학교고 뭐고 다 못 다니게 하겠다는 협박에 굴복해 병원에 갔다. 나는 일부러 교복을 입었다. 여차하면 학교로 도망칠 생각이었다.

병원으로 간 엄마는 정신과로 나를 데려갔다. 의사 앞에는 나 혼자 가고 싶었는데 엄마도 따라 들어왔다. 여전히 내 귀에는 내일 일어날 일들이 들렸다. 끔찍한 파괴였다. 도시는 초토화되고, 엄청난 사람들이 죽어나가는 재앙이었다. 나는 내일 벌어질 일을 안다. 그러나 아무도 믿어주지 않았다.

"지금도 소리가 들리나요?"

의사가 물었다.

"이 도시는 파괴될 거예요."

"그렇군요. 도시가 어떻게 파괴되죠?"

의사가 진지하게 물었다.

"폭풍이 일어나요. 이제껏 일어난 적 없는 엄청난 폭풍이에요. 자동차를 부수고, 건물을 무너뜨리고, 사람들이 죽어나가요."

"그런 폭풍이 내일 발생한다는 말이죠?"

"네."

"그걸 어떻게 확신하죠?"

"어제 들었던 소리가 오늘 일어났으니까요. 선생님도 경험하셨잖아요. 노래가 들리고, 썩은 물이 나오는 걸 저는 어제 이미 들어서 알고 있었어요."

"그 말은 예언이라는 건데, 혹시 머리 안에서 누가 그 소리를 들려주기라도 하나요?"

"맞아요. 「누」가 들려줘요."

"그러니까 누가 들려주죠? 혹시 그 정체를 알아요?"

"말씀드렸잖아요. 「누」가 들려준다고."

"누가 들려주는지 모른다는 말인가요?"

「누」를 강하게, '가'와 분리해서 발음했지만 의사는 여전히 '누가'

라고 묶어서 알아들었다. 멍청한 의사였다.

"선생님, 얘가 정신이 어떻게 됐나 봐요."

엄마가 불쑥 끼어들었다.

의사가 이맛살을 살짝 찌푸리며 엄마에게 손을 내밀어 자제하라는 동작을 취했다.

"선생님도 제 말을 믿지 않는군요."

나는 벌떡 일어났다.

"학생, 자리에 앉아요. 저는 안 믿는다고 하지 않았어요."

의사는 침착하게 나를 달랬다. 나를 진정시키려는 의도였다. 그 의도가 너무 뻔해서 더 싫었다.

"저는 멀쩡해요."

나는 문을 박차고 나왔다. 엄마가 나를 뒤쫓아 왔다. 나는 엄마 손을 뿌리쳤다. 엄마는 병원 입구에서 내 손을 다시 붙잡았다.

"안 미쳤다고 몇 번이나 말해야 알아들어!"

"알았으니까 검사 몇 가지만 하라고."

"검사하면 뭐 해? 난 정상인데."

"검사해서 정상이라는 걸 증명하면 되잖아."

"어제 내가 말한 소리가 오늘 들리잖아. 근데도 엄마는 안 믿잖아."

"그걸 어떻게 믿어?"

"지금도 들려. 부서지고 깨지고 아우성치고 울부짖는……."

귀를 막았다.

"애가 정말. 유리야! 정신 차려."

"난 제정신이야!"

나는 있는 힘껏 소리를 질렀다.

"그래, 알았다. 알았어……."

엄마가 주위를 살폈다. 또다시 엄마는 긴 한숨을 내쉬었다. 한숨이 지겨웠다.

"나도 지친다. 집에 가자."

엄마가 포기했다. 차에서 기다리라고 하더니 잠시 어디를 다녀왔다. 차를 타고 집으로 가는 내내 엄마는 한마디도 하지 않았다. 그러다 집으로 들어가려고 할 때 툭 내뱉었다.

"너, 조현병일지도 모른대."

나를 차에 두고 의사를 만나고 온 모양이었다.

"의사가 그래?"

엄마가 고개를 끄덕였다.

"내가 아니라고 해도 엄마는 의사 말을 믿겠지?"

"조현병 환자들은 처음에 다 그렇게 말한대."

아무리 설득해 봤자 내 말을 믿을 엄마가 아니었다. 어쩌면 내가 정말 조현병에 걸렸는지도 모르겠다. 솔직히 나에게 일어난 일을 나조차 믿기 힘들었다.

내가 집으로 들어가자마자 엄마는 다시 나가려고 했다.

"내일 여기 있으면 안 돼. 멀리 피난 가야 해."

나를 두고 가려는 엄마를 붙잡았다.

"엄마는 피난 안 가."

"그러다 죽어."

"그런 일은 없어."

"그럼 돈을 줘. 나라도 여기서 벗어날 거야."

"도대체 어디로 가려고?"

"걱정 마. 학교 기숙사에 가려는 거니까. 거기는 도심이 아니라 괜찮아. 학교는 무사해."

엄마가 또다시 한숨을 내쉬었다. 지긋지긋한 한숨이었다.

"내일 폭풍이 닥치면 근처 학교로 도망쳐. 괜히 차 끌고 멀리 가려고 하지 말고. 어느 곳이든 학교는 안전하니까."

엄마는 한참 고민하더니 내게 돈을 주었다.


저녁은 생수로 라면을 끓여서 먹었다. 교복을 입고 곧바로 택시를 불렀다. 썩은 물이 도시를 마비시켰지만 겉으로 보기에는 별일 없는 듯했다. 학교 정문 앞에서 내렸다. 경비실 아저씨가 고개를 내밀더니 나를 확인했다. 나는 가볍게 목례하고 교문으로 들어갔다.

본관으로 이어진 길을 따라 오르는데 낯선 꽃향기가 났다. 걸음을 옮길수록 향기는 점점 진해졌다. 가로등 불빛 하나가 유난히 빛났다. 불빛은 점점 진해지더니 진한 황금빛을 띠었다. 그 빛 아래에 멈춰 섰다. 하얀 꽃잎이 흔들거리며 내게 다가왔다. 손을 내밀었다. 꽃잎이 살포시 손 위에 내려앉았다.

'피해!'

「누」가 다그쳤다.

꽃잎이 점점 늘었다.

'피해야 해. 만나면 안 돼.'

「누」가 소리를 질렀다.

빛으로 채워진 모든 곳에 꽃잎이 날아다녔다.

"왜 그래? 넌 강하잖아."

꽃잎이 부드럽게 볼을 쓰다듬었다.

'난 강해졌어, 전에 만났던 그놈들이 다시 온다면 도망치지 않아도 될 만큼. 그렇지만 네 앞에 나타날 존재는 차원이 다르다고. 그러니 제발……'

「누」가 애절하게 부탁했다.

나도 그 부탁을 들어주고 싶었다. 그러나 피할 수 없었다. 아니 피하기 싫었다. 꽃향기 때문인지, 꽃잎이 주는 부드러움 때문인지는 모르겠다.

꽃바람이 불었다.

"아!"

참 잘생긴 남자였다. 아니 잘생겼다는 말로는 모자랐다. 얼굴에서 빛이 났다. 머리카락은 꽃바람에 흩날리고, 입술에 걸린 붉은 웃음은 얼어붙은 빙하마저 녹일 듯했다.

"참으로 놀라워."

남자는 꽃바람처럼 내 둘레를 한 바퀴 돌았다.

"은별이가 꼭 만나라고 해서 왔는데, 이런 인연일 줄이야."

「누」가 떠는 게 느껴졌다.

그러거나 말거나 내 심장은 맑은 목소리에 공명하며 두근거렸다.

"오랜만이군, 누!"

이 남자는 「누」를 안다.

「누」가 부르르 떨었다. 남자가 손을 내밀었다. 비단결처럼 고운 손이었다. 세상에서 가장 아름다운 미녀라고 해도 이보다 아름다울 수 없는 손이었다. 남자는 검지를 뻗더니 내 이마에 살짝 댔다. 푸근한 기운이 이마를 타고 흘렀다.

"이런!"

남자가 손을 재빨리 거뒀다. 그러고는 내 손을 잡아채더니 손목보호대를 젖혔다.

"은둔환이라니!"

은둔환에서 은은한 빛이 났다.

"은둔환을 만드는 자가 아직도 있어? 대단하네. 그 긴 세월 동안 명맥이 끊어지지 않고 이어지다니."

남자는 내 손을 내려놓더니 뒤로 슬그머니 물러났다.

"참 묘해. 아주 재미있어! 이 고리가 어떻게 풀리는지 지켜보는 것도 흥미롭겠군."

남자는 혼잣말로 중얼거렸다.

"숨은 뜻이 무엇인지도……."

남자가 점점 뒤로 물러났다. 꽃잎도 같이 사라졌다.

"잠깐만요. 도대체 당신은……?"

사라지는 꽃잎을 향해 급하게 물었다.

"네 안에 따리 튼 놈에게 물어봐."

「누」가 꿈틀거렸다.

"다시 만나게 될 거야. 물론 네가 그 녀석에게 잡아먹히면 나를 만나도 기억하지 못하겠지만."

그 말을 남기고 꽃잎도, 꽃바람도, 노란 불빛도 사라졌다.

# 안개가 피어오르는 밤

08

아무리 물어도 「누」는 그 남자가 누군지 말해주지 않았다. 그날 밤은 아무 소리도 들리지 않았다. 모처럼 맞은 숙면이었다.

목요일 오전, 긴급뉴스가 나왔다. 학교에도 비상이 걸렸다. 거대한 쓰레기 돌풍이 북쪽에서 시내로 몰아쳤기 때문이다. 어제 내내 들렸던 소리가 떠올라 공포에 질렸다. 도시가 파괴되고 엄청난 사람들이 죽어나갈 것이다.

그런데 이상했다. 돌풍이 시내에 닥치기 직전에 갑자기 소멸해 버렸다. 뉴스는 돌풍이 사라지고 쓰레기투성이가 된 도심을 보여주었다.

그때 처음으로 의심이 들었다. 「누」가 들려주는 내일은 정말일까? 곰곰이 따져보니 「누」가 들려주는 소리는 어느 정도는 맞았다. 그러나 다 맞지는 않았다. 「누」가 들려준 소리대로라면 거대한 재난이 일어나야 했다. 분명히 일어날 뻔했다. 그러나 멈췄다.

'변수가 생겨서 그래.'

「누」가 변명했다.

변수가 무엇인지 물었지만 「누」는 대답하지 않았다.

저녁을 먹고 옛 건물로 갔다. 전시회 기본 기획안을 다음 날까지 내야 했기 때문이다. 2층 복도 끝에 있는 작은 방으로 갔다. 세화와 내가 쓰러졌던 그 방이다. 이충원 선생님은 내가 원하면 다른 곳으로 바꿔주겠다고 했지만 괜찮다고 말씀드렸다. 낡은 전구가 켜지고, 어둠을 담은 작은 창문이 나를 맞이했다. 방에는 아무것도 없었다. 다른 공간은 나름 특이한 점이 있었지만, 내가 선택한 방은 오래된 벽지에 잔뜩 묻은 얼룩밖에 없었다. 그동안 그린 내 작품 몇 편을 곳곳에 상상으로 배치해 봤다. 다양한 방식으로 바꿔봐도 만족스럽지 않았다. 새로운 발상이 필요했다. 이번에야말로 당당히 내 실력을 보여줄 기회였다. 이를 악물고 고민했다.

그때 지수가 왔다. 같은 방을 쓰는데도 이렇게 보니 몹시 어색했다.

"어, 여긴 웬일이야?"

지수는 뜬금없이 치고 들어왔다.

"세화 소식 알아?"

당연히 아무것도 몰랐다.

"정신병원에 입원했어. 늘 악몽에 시달리고. 거식증에 걸려서 살도 10kg이나 빠졌어."

안타까움도 연민도 느껴지지 않았다.

"그 소문, 네가 냈지?"

나는 대답하지 않았다.

"그래, 그건 좋아. 어차피 그날, 미주가 성범죄자한테 위험천만한 일을 당한 날은 다들 날카로웠으니까. 예서처럼 소문내기 좋아하는 애한테도 책임이 있고, 서로서로 퍼트렸으니까."

지수는 혼잣말하듯이 주절거렸다.

"내가 정말 궁금한 점은 세화가 쓰러진 날, 도대체 네가 무슨 짓을 했냐는 거야."

지수가 내 눈을 똑바로 노려봤다. 마주 보기 부담스러웠다. 시선을 벽에 묻은 얼룩으로 돌렸다.

"나는 아무것도 안 했어."

"세화는 네 이름만 나와도 두려워서 벌벌 떨어. 그런데도 아무 짓 안 했다고?"

"정말이야. 나는 아무것도 안 했어."

지수는 내 대답에 몹시 실망한 듯했다. 그러더니 내 이름이 실린 책자를 내밀었다.

"너는 이 표지를 만든 디자이너로 네 이름이 들어가서 좋니?"

당연히 좋았다. 그러나 그렇다고 답하지는 않았다.

"나는 끔찍해. 1등으로 정해진 친구들을 몰아내고, 친구를 정신병원에 보낸 뒤에 얻은 결과니까."

「누」를 통해 수없이 들은 험담이지만 지수에게 직접 들으니 꽤나 속이 쓰렸다.

"처음에 만난 너는 이렇지 않았는데……."

뒤이어 불쌍함, 측은함, 실망 등을 잔뜩 담은 표정을 지었다. 갑자기 반발심이 일었다. 네까짓 게 뭐라고 나를 그렇게 봐? 네가 뭐라고? 1등이 받는 혜택은 다 누리면서 자신은 착한 척 연기하는 주제에…….

나는 꾸역꾸역 눌러두었던 말을 결국 꺼내고 말았다.

"넌 내가 꼴등으로 들어온 거 알지?"

지수 눈동자가 흔들렸다.

"세화하고 그런 대화도 나눴지?"

여전히 답변이 없었다. 인정한다는 뜻이었다.

"꼴등이든 아니든 그게 중요한 건 아니었어."

지수 목소리에 힘이 없었디.

"나한텐 중요해. 나를 그딴 식으로 보는 너희들 시선이 늘 나를 따라다녔어. 뒤에서 몰래 내 험담을 해대면서 나만 못된 년으로 몰지 마. 너만 정의로운 척하지 마."

나는 주먹을 꽉 쥐었다.

"나는 우연히 인터넷에서 그걸 봤고, 알려야 할 것 같아서 알렸을 뿐이야. 내가 말하지 않았다면 책을 펴낸 뒤에 더 문제가 됐을 거야. 그 상황에서 내가 침묵해야 했니?"

지수는 답변하지 않았다.

"나는 세화에게 아무 짓도 안 했어. 정말 아무 짓도 안 했어. 세화가 뭘 봤는지는 몰라. 조금 말다툼이 벌어졌는데 세화 혼자서 갑자기 놀라더니 쓰러졌어. 세화가 이 건물에서 나온다는 귀신을 봤는지, 아니면 환각에 빠졌는지 몰라. 같은 공간에 있었다는 이유로 내게 책임을 묻는 것은 부당해. 진심으로 말하지만 나는 아무 짓도 안 했어."

마치 언니한테 따지는 기분이었다. 오랜 세월 언니에게 짓눌려 지낸 악감정이 뒤엉켜서 속을 뒤집어 놓았다.

지수가 고개를 세차게 흔들었다.

"너, 세화 가방에서 칼 훔쳤지?"

가슴이 뜨끔했다.

"모를 줄 알았니? 그건…… 그만하자."

지수가 시선을 돌렸다.

"사감 선생님께 방을 옮겨달라고 할 거야. 자만풍도 네가 계속 다니겠다면 나는 그만둘게. 동아리를 나가라는 강요는 안 해. 네가 원하는 대로 해. 그리고 더는 나를 아는 체하지 말아줘."

지수는 몸을 돌렸다. 문손잡이를 잡았다.

"넌 내가 역겹니?"

묻지 말아야 할 질문이었다.

지수는 문손잡이를 잡고 잠시 그대로 있다가 아무 대답 없이 나가 버렸다.

지수가 갔다. 나는 혼자 남았다. 털썩 주저앉았다. 지독한 외로움이 찾아왔다. 아빠가 엄마와 격렬하게 다투고 짐을 싸 들고 나가버린 날 밤, 외로움에 처절하게 떨던 어린애가 되살아났다. 나는 여전히 그날, 그 아이였다. 무력하게 불안에 내던져진 아이, 공포에 짓눌렸지만 내색할 수 없던 아이, 세상이 무너질 듯한 상실감에 떨면서도 표현할 수 없던 그 아이였다. 그날 밤, 그 아이는 엄마가 미웠다. 그날 밤, 언니는 엄마한테 가서 아양을 떨었다. 어쩌면 그날, 엄마는 내 속마음을 알아챘는지도 모른다. 자기 편을 들지 않을 뿐만 아니라 자신을 미워하는 딸을 엄마도 미워하게 됐는지도 모른다.

아무리 그래도 그렇지, 같은 딸인데 언니만 그렇게 편애하다니 용서가 안 됐다. 언니가 팔다리만 부러지도록 한 게 못내 아쉬웠다. 죽이진 않더라도 더 심하게 망가뜨려 버렸으면 훨씬 좋았을 텐데⋯⋯. 엄마를 믿고 나를 괴롭힌 악당에게 그 정도 복수밖에 못 한 내가 한심했다.

귀가 울렸다. 아빠 엄마가 다투는 소리가 들렸다. 서로를 향해, 시퍼런 칼날을 품은 모진 말이 오가는 싸움이었다. 나를 버리고 도망치는 아빠, 그런 아빠를 저주하는 엄마, 엄마에게 가서 아양을 떠는 언니, 그날 벌어진 모든 소리가 생생하게 들렸다. 모두 미웠다. 특히 아빠가 미웠다. 자기만 바라보는 딸을 내버려 두고 가버린 아빠가 미웠다. 돌아온 뒤, 단 한 번도 따스한 눈길조차 주지 않는 아빠가 미웠다. 차라리 이혼하지, 희망이라도 버리게. 지수도 세화도 미주도 예서도 자만풍도 다 미웠다. 뒤에서 나를 씹는 모든 인간이 다 미웠다. 읍내에 산다는 성범죄자들도 미웠다. 모조리 죽여버리고 싶었다. 이 세상에서 지워버리고 싶었다.

계속 이 학교에 다닐 이유가 있을까? 이 학교도 지워버리고 싶었다. 살아갈 이유가 없었다. 모두 지우고 나도 사라지고 싶었다. 단우가 보고 싶었다. 그러나 단우가 내 실체를 다 알게 되면 과연 나를 좋아할까? 지수처럼 나를 역겹다고 여기지 않을까? 내 실체를 알면 아마 단우도 지수 못지않게 나를 싫어하게 될 것이다. 단우가 이런 나를 좋아할 리 없다.

발끝에서 고통이 피어올랐다. 총소리가 들렸다. 우리 아이만은 죽이지 말아달라는 절규가 들렸다. 시체가 몇 구인지를 세며 흩뿌리는 잔인한 웃음이 들렸다. 피 울음과 잔인함이 뒤엉켰다. 고통이 무릎을 타고 올라왔다. 희뿌연 안개 같은 고통도 함께 느껴졌다. 벽에 묻은 얼룩이 뭉개지며 붉은 안개가 퍼졌다. 일본말이 들렸다. 채찍이 공기를 가르고, 살갗이 떨어져 나갔다. 독립군이 숨은 곳을 자백하라고 일제 경찰이 강요했다. 누더기를 걸친 조선인은 고문을 당하면서도 모른다고 저항했다. 다시 공기가 찢어지고 피가 튀고 살갗이 뜯기는 고통이 파고들었다. 고통이 허리를 삼켰고, 딱딱하게 굳었다.

그래, 이제 알겠다. 이곳은 고문실이었다. 일본 경찰들이 조선인들을 붙잡아 고문하던 방이었다. 저 얼룩은 모두 핏자국이었다. 백 년 전 어떤 이가 죽어가며 흘린 피가 남긴 흔적이었다. 내 몸에서도 피가 흐르는 듯했다. 차라리 진짜 피가 흐르길 바랐다. 피라도 흐른다면 이 답답함이 사라질지도 모른다. 붉은 안개가 가슴을 짓누르고 두 팔을 얼어붙게 했다. 숨이, 숨이 잘 쉬어지지 않았다.

'네가 원하기만 하면 모든 걸 이루어주겠다.'

「누」가 약속했다.

머리에 흰 안개가 피어올랐다. 안개를 피로 물들이고 싶었다. 차라리 피를 흘리면 더 낫겠다 싶었다. 오랫동안 몸 안에 쌓인 고통을 붉은 피로 뿌리고 싶었다.

'원하느냐?'

원한다.

'진실로 원하느냐?'

진실로 원한다.

나는 「누」를 받아들였다.

「누」는 내가 되고, 나는 「누」가 되었다.

\* \* \*

시선이 옛 건물 위로 올라갔다. 이제 막 어둠에 잠긴 학교 전경과 읍내가 한눈에 보였다. 시선은 산으로 올라가더니 동굴 입구에서 멈췄다. 동굴에서 음산한 연기가 피어올랐다. 시선은 연기를 따라 이동했다. 노란 선을 타고 넘어간 연기가 계곡 안으로 퍼졌다. 총소리가 울리고, 피가 흐르고, 살이 찢기고, 뼈가 부서졌다. 잔인한 웃음과 처절한 비명이 뒤섞였다. 욕설과 애원이 뒤엉켰다. 수천 명이나 되는 사람들이 죽었다. 시체들은 아무렇게나 땅에 묻혔다. 시신을 덮은 땅 위로 안개가 드리웠다. 안개는 점점 진해졌다. 땅이 꿈틀거리는 듯하더니 안개가 뭉치며 형체를 이루었다. 몸은 하얀데 얼굴은 붉었다. 피로 얼룩진 얼굴엔 고통과 억울함이 잔인하게 뒤엉켜 있었다. 붉은 얼굴에 하얀 몸을 한 홍백귀(洪白鬼)였다. 수없이 많은 홍백귀들이 땅에서 일어났다. 홍백귀들은 땅을 벗어나 안개 속을 떠다녔다.

안개가 서서히 움직였다. 학교 쪽을 향했다. 홍백귀들은 안개를 따라 움직였다. 홍백귀가 닿자 나무와 풀이 먼지가 되어 안개 속으로 흩어졌다. 홍백귀가 스치는 땅은 사막처럼 변했다. 홍백귀는 죽음이었다. 사막이었다. 모든 걸 사라지게 하는 파괴였다. 학교 쪽으로 이동하던 홍백귀들이 갑자기 움직이지 못했다. 안개는 가는데 홍백귀들은 장벽에 막힌 듯했다. 강력한 기운이 홍백귀가 가려는 길을 막아섰다. 홍백귀들이 안간힘을 쓰자 땅에서 삐죽한 칼들이 떠올랐다. 익숙한 칼이었다. 단우가 늘 만들던 바로 그 칼이었다. 숲 곳곳에 묻혔던 칼들이 땅 위로 솟아나며 거대한 방어벽을 형성했다. 개 짖는 소리가 들렸다. 안개 때문에 보이지 않았지만 생강이가 짖는 소리인 게 분명했다.

'생강아, 위험해! 어서 도망가!'

칼이 만든 방어벽을 뚫기 위해 애쓰던 홍백귀들이 방향을 틀어 산 아래로 내려갔다. 그곳에는 군부대가 있고, 조금 더 가면 읍내로 이어진 마을이 있다. 안개가 군부대를 뒤덮었다. 홍백귀들이 군부대로 들이닥쳤다. 철조망도, 경비실도, 건물도 모조리 먼지가 되어 안개 속을 떠다녔다. 안개는 마을까지 번졌다. 마을 입구에 자리한 공장 불빛이 안개에 가려졌다. 공장에서 불꽃이 일었다. 엄청난 폭발음이었다. 공장 안에 있던 가스저장소가 터지는 소리였다. 야간작업을 하던 노동자들이 놀라서 도망쳤다.

폭발음에 놀란 마을 주민들이 밖으로 쏟아져 나왔다. 집들이 무너지고 동네는 폐허가 되었다. 짙은 안개인데도 도망치는 사람들이 뚜렷하게 보였다. 도망자들 가운데 성범죄자 안내장에 있던 자가 보였다. 죽이고 싶은 욕구가 치솟았다. 다른 사람은 몰라도 저런 자는 죽여도 된다.

'저자를 죽여!'

홍백귀들이 그자를 향해 몰려갔다. 홍백귀가 그자를 붙잡으려는 순간, 맑은 기운이 홍백귀들을 밀어냈다. 단우였다. 단우가 손에 든 칼을 휘두르자 홍백귀들이 뒤로 물러났다.

'저자를 죽이란 말이야. 왜 못 죽여?'

"생강아!"

단우가 소리치자 생강이가 뛰어왔다. 단우는 칼에 기운을 불어넣었고, 생강이는 그 칼을 물어서 마을 곳곳으로 날랐다. 생강이는 바람처럼 뛰어다녔다. 칼이 곳곳에 꽂히자 홍백귀들이 점점 뒤로 밀려났다. 미처 밀려나지 못한 홍백귀들은 이리저리 쫓기며 요동쳤다. 홍백귀들이 건물에 충돌하자 건물들이 먼지처럼 사라졌다.

"저들을 가둬!"

단아가 나타났다.

단우는 홍백귀들이 있는 곳으로 뛰어들었다. 양손에 든 칼을 가슴에 모으자 맑은 기운이 퍼지며 돔 모양으로 방어벽이 만들어졌다. 돔 안에 갇힌 홍백귀들은 풀잎 하나 죽이지 못했다. 모든 걸 먼지로 만들어버리는 능력이 힘을 쓰지 못했다. 돔 방어벽 안에 또 다른 흰빛이 움직였다. 처음에는 그냥 안개인 줄 알았는데 아니었다. 안개와 달리 맑았고 빨랐다. 흰빛이 움직일 때마다 홍백귀들이 사라졌다. 흰빛을 쏟아내는 이는 단아였다. 단아가 홍백귀 얼굴을 손으로 짚으면 홍백귀들은 먼지가 되어 바닥으로 떨어졌다.

"빨리 좀 해!"

단우가 단아에게 소리쳤다.

"나는 뭐 안 그러고 싶은 줄 알아. 하나씩 일일이 다 해야 한단 말이야."

단아가 뾰로통하게 투덜거리면서도 춤추듯 홍백귀들을 헤집고 다녔다. 단우와 단아 덕에 성범죄자는 목숨을 건졌다. 그자는 시퍼렇게 질린 채 바닥을 엉금엉금 기어가고 있었다.

'그자를 죽여! 빨리 죽이란 말이야!'

내 명령을 받은 홍백귀들이 그자에게 달려들었다. 단우가 뛰어오더니 그자를 보호했다.

'왜 막아? 저자는 죽어 마땅해!'

미친 듯이 소리를 질렀다.

"이거 유리 목소리 맞지?"

단아가 말했다.

"아무래도 잡아먹혔나 봐."

단우가 안개 중심부를 향해 시선을 들었다. 안개 위에 있던 내 시선과 마주쳤다. 뜨끔했다. 안개가 흔들렸다.

"뭐가 이렇게 많아. 끝도 없네."

단아가 투덜거렸다.

"수천 명이 학살당했으니 당연히 많지."

"아무리 그래도 그렇지, 그 영혼들을 전부 깨웠단 말이야? 혹시 아빠가 말한 그것일까?"

"아직은 명확하지 않지만, 이 정도 힘이라면 아무래도 그렇지 않겠어?"

둘은 이야기를 나누면서도 빠르게 움직였다.

그자를 죽이고 싶었다. 읍내에 사는 성범죄자들을 모조리 죽이고 싶었다. 칼이 방해했다. 단우와 단아를 뚫고 지나가기가 힘들었다.

'정 그렇다면…… 이 학교라도 없애버릴 거야!'

안개는 읍내 옆으로 빠져나와 학교로 움직였다. 홍백귀들도 일제히 안개를 따라왔다. 학교는 삽시간에 안개로 뒤덮였다. 폭발 소리에 놀라서 뛰어나왔던 기숙사생들은 짙은 안개가 밀려들자 무서워하며 기숙사 안으로 도망쳤다.

단우와 단아는 안개 속을 뛰어서 학교로 달려왔다.

"빨리 가서 학교로 들어가는 길을 막아. 학교가 최종 과녁이야."

"칼이 몇 개 없어."

"그동안 부지런히 안 만들고 뭐 했어?"

단아가 짜증을 냈다.

"난들 이렇게나 많을 줄 알았냐!"

단우와 단아는 엄청난 속도로 달렸다. 사람 같지 않은 속도였다.

"지형이 험한 곳은 칼로 막고, 한쪽만 열어서 그쪽으로 오게 만들자."

"나도 그 생각이야. 생강아!"

단우가 생강이를 부르자 생강이가 안개 속에서 뛰어왔다.

단우는 가방에서 칼을 꺼내 하늘로 던졌다. 생강이가 뛰어올라 칼을 물더니 먼 데까지 뛰어가서 땅에 꽂았다. 칼이 땅에 꽂히자 투명한 기운이 퍼졌고, 홍백귀들은 더는 나아가지 못했다. 단우와 생강이는 몇 번이나 같은 일을 반복했다.

"칼이 떨어졌어."

단우가 빈 가방 속을 보며 한숨을 내쉬었다.

"어쩔 수 없지. 이곳에서 싸우는 수밖에."

칼이 만들어낸 방어벽을 피해 홍백귀들이 단우와 단아가 있는 곳으로 밀려들었다. 읍내에서처럼 단우가 방어벽을 만들면, 단아가 홍백귀들을 하나하나 쓰러트렸다.

"학교와 거리가 가까워지니 점점 강해져."

단아의 이마에 송골송골 땀이 맺혔다.

"유리를 어떻게 해야 해."

단아가 다급하게 말했다.

"내가 그때 하려고 할 때 내버려 둘 것이지 괜히 말려서는."

"넌 유리 안전 따위는 관심도 없었잖아!"

"이런 사태를 보고도 그런 말이 나와?"

"우리 마음대로 유리를 희생시킬 권리는 없어."

"어휴, 뒷감당은 늘 내 몫이지."

"그만 투덜거리고 네 할 일이나 제대로 해."

둘은 모든 힘을 쏟아냈지만 점점 뒤로 밀렸다. 경비실이 홍백귀들 손에 들어갔다. 경비실이 먼지처럼 사라졌다.

"유리는 옛 건물에 있는 거지?"

"아마 그 방에 있을 거야."

"유리를 깨울 방법이 없을까?"

"우리 둘 중 한 명이라도 빠져나가면 학교가 무너지고, 친구들이

다 죽어.”

“미치겠네, 정말!”

홍백귀들 기세가 더욱 거세졌다. 둘은 점점 뒤로 밀렸다. 그때 안개를 뚫고 차 한 대가 달려왔다. 홍백귀 서넛이 차를 막아섰다. 차는 급하게 방향을 틀었지만 홍백귀와 충돌하는 걸 피하진 못했다. 홍백귀와 부딪힌 차 뒷부분이 먼지처럼 사라졌다. 차는 가로수를 들이받고 멈췄다. 홍백귀들이 차로 몰려들었다. 차 문이 열리고 두 사람이 뛰어나왔다. 한 명은 권민지였다. 나머지 한 명은 모르는 사람인데 낯설지 않았다. 누굴까? 기억을 더듬다가 한 사람이 떠올랐다. 수도관이 터지던 날, 쇼핑센터 앞에서 봤던 그 여자였다.

두 사람은 홍백귀를 피해 단우와 단아에게 접근했다.

“민지 언니!”

단아가 눈앞에 다가온 홍백귀를 쓰러뜨리며 반갑게 소리쳤다.

“교수님이랑 선생님은?”

“저희 때문에 아빠가 힘을 다 쏟느라 쓰러지셨어요. 엄마는 지하실에서 아빠를 간호하고 있고.”

단우가 말했다.

“너희들한테도 무슨 일이 일어났구나!”

“말도 말아요. 처음으로 지독하게 아팠다니까요.”

단아는 그러면서 권민지와 함께 온 여자를 노려봤다.

“아, 내 정신 좀 봐. 이쪽은 고은별이야. 아마 너랑 동갑일 거야.”

"소개하지 않아도 알아요. 며칠 전에 마트에서 장을 볼 때부터 이상했어요. 그래도 그렇지 그렇게 아프게 하다니."

권민지가 고개를 갸웃거리며 고은별을 봤다.

"일부러 아프게 한 건 아니야."

고은별이 미안한 표정을 지었다.

"그렇다고 미안해할 것까지는 없어. 네 덕분에 단우와 내 능력이 엄청 강해졌으니까."

단아는 다가오는 홍백귀를 소멸시키면서 고은별에게 맑은 웃음을 지었다.

"자세한 얘기는 나중에 하고, 중심이 어디야?"

권민지는 마치 상황을 다 아는 듯 말했다.

"기숙사 뒤, 옛 건물 2층 구석 방이에요."

단우가 대답했다.

"유리 맞지?"

"완전히 잡아먹혔어요."

"너희들은 저들을 막아. 우리가 거기로 갈게."

"단우한테 수호환이 있는데 그걸로 유리를 되돌릴 수 있을까요?"

단아가 물었다.

"수호환을 채워도 이 정도 힘이라면 제어하지 못할 거야."

그러면서 권민지가 고은별의 어깨를 어루만졌다. 단아는 나에게 그랬듯이 고은별에게 바짝 눈을 들이댔다. 하얀 눈동자가 짙고 깊은 눈동자와 빛을 주고받았다. 흰빛과 별빛이 봄바람처럼 서로 속삭였다. 단아는 뒤로 물러나며 묘한 웃음을 지었다.

"언니, 여기는 우리가 막아볼 테니까 빨리해요. 이 상태로는 얼마 못 버텨요."

권민지와 고은별은 내가 있는 건물로 뛰어왔다. 안개가 옛 건물로 모여들었다.

"엄청나네."

안개는 단순히 시야만 가리는 게 아니었다. 두 사람이 다가오는 속도마저 느려지게 만들었다. 권민지가 칼을 꺼냈다. 일전에 산에서 만났던 사냥꾼이 든 청동검과 똑같은 것이었다. 청동검을 앞세우자 안개가 조금씩 갈라졌다. 안개가 벌어지며 두 사람은 건물 입구에 이르렀다.

'그깟 검으로는 내 힘을 어쩌지 못해.'

「누」가 장담했다.

두 사람은 보이지 않는 벽에 막혀 입구에서 한 발자국도 움직이지 못했다.

"도저히 안 되겠어. 이 정도 힘일 줄이야. 어떡하지?"

권민지가 땀을 뻘뻘 흘렸다.

"뒤로 물러서세요. 제가 할게요."

권민지 뒤에 있던 고은별이 나섰다. 권민지가 옆으로 비켜섰다.

"옆에 있지 말고 뒤로 멀찍이 물러나세요."

권민지가 뒤로 빠졌다. 고은별이 두 손을 들었다. 이마를 가린 머리카락을 치웠다. 이마에 난 깊은 상처가 보였다. 상처에 핏기가 돌았다. 여유롭던 「누」가 요동쳤다.

'왜 그래?'

내 질문에 「누」는 대답하지 않았다.

눈이 드러나자 태양보다 강렬한 빛이 뿜어졌다. 건물을 지키던 안개가 삽시간에 흩어졌다. 고은별은 머리카락을 내렸다. 빛도 사라졌다. 한 번 사라진 안개는 다시 모여들지 않았다.

"저 혼자 들어갈게요."

고은별이 말했다.

"괜찮겠어?"

"언니랑 같이 들어가면 더 위험해요. 여기서 기다리세요."

"그렇긴 하겠다."

고은별이 건물로 들어왔다.

'만나지 마.'

「누」가 힘을 쥐어짜며 부탁했다.

고은별이 점점 다가왔다. 「누」를 통해 보던 시선이 점점 사라졌다. 단우와 단아가 어떻게 움직이는지 보이지 않았다. 학교 건물도 더는 보이지 않았다. 고은별이 다가오는 발소리만 들렸다.

문이 열리는 소리가 들렸지만 아무것도 보이지 않았다. 발소리가 들리더니 이마에 손이 닿았다. 안개가 걷히며 눈이 열렸다. 바닥에 쭈

그려 앉은 내 몸이 느껴졌다.

"나 기억나지?"

그렇다고 말하고 싶은데 입이 떨어지지 않았다.

고은별이 내 오른손을 잡았다. 손이 바들바들 떨렸다. 고은별은 두 손으로 내 여린 손을 꼭 쥐었다.

"나는 네 아픔을 느껴."

네까짓 게 뭔데 내 아픔을 아느냐고 따지려고 했지만 입은 여전히 움직이지 않았다.

"나는 거짓말이 보여. 어릴 때부터 보였어. 그건 내게 지독한 고통이었어. 엄마와 아빠는 내게 늘 거짓말을 했어. 세상에서 가장 믿어야 할 존재인 부모가 늘 거짓말을 하니 나는 의지할 곳이 없었어. 친구들도 선생님들도 믿지 못할 존재들이었어. 마침내 나는 나 자신조차 믿지 못하게 됐어."

'너는 너고 나는 나일 뿐이야. 네가 고통을 겪었다고 내 고통을 알아? 그런 재수 없는 소리는 하지도 마.'

고은별은 내 왼손을 잡더니 자기 왼 손목으로 잡아당겼다.

"만져봐."

내 의지와 상관없이 내 왼손이 끌려갔다. 손바닥에 매끈한 피부가 느껴졌다. 곱디고운 피부였다.

'피부 좋다고 자랑하는 거니?'

"느껴봐. 이 안에 숨겨진 상처를……."

처음에는 아무런 느낌이 없었다. 그러다 점점 울퉁불퉁해지더니 깊은 계곡이 드러났다. 수도 없이 많은 상처였다. 칼날이 파고들며 피를 뿜어냈다. 심장에 쌓인 고통이 피가 되어 흘렀다. 상처받은 영혼이 피를 흘리며 몸부림쳤다.

손끝에서 일어난 잔혹한 통증이 떨림이 되어 퍼졌다. 한겨울에 민소매로 나갔을 때보다 더 떨렸다. 떨림은 입술에서 얼굴로, 어깨로, 팔로, 가슴으로, 허리로, 무릎으로, 발끝으로 퍼졌다.

"네 엄마가 꼭 좋은 사람은 아니어도 돼. 엄마가 널 미워할 수도 있어. 내 엄마는 거짓말쟁이야. 슬픈 일이지, 엄마를 믿을 수 없다니. 하지만 엄마도 그냥 사람일 뿐이야. 엄마라고 특별하지 않아. 그냥 한 사람일 뿐이야. 나와 인연이 조금 깊은, 조금 가까이 지내는 사람일 뿐이야."

심장에서 낯선 바람이 불었다.

"이 살갗 속에 숨은 상처는 죽지 않으려는 몸부림이었어."

'나도 그렇게 할까?'

"그러지 마. 너 자신을 아껴. 너는 별이야. 어설프지만 이 안개를 뚫고 빛나는 별이야. 그걸 믿어. 이 겨울을 뚫고 너는 꽃으로 피어날 거야."

회오리가 심장을 벗어났다. 심장이 마구 뛰었다. 바람은 피를 타고 몸 구석구석으로 번졌다.

은별이가 손을 놓자 내 손이 툭 떨어졌다. 은별이가 나를 감쌌다.

"너를 기다리는 봄은 아름다울 거야. 너를 잃어버리지 마."

목에 피가 걸렸다. 피멍울이 목구멍을 꽉 채웠다. 은별이 나를 더 세게 껴안았다.

"헉!"

목구멍에 걸린 피멍울이 구토와 함께 넘어왔다.

그리고 내 입에서 낯선 소리가 새어 나왔다. 울음이었다. 다섯 살 그날 이후, 단 한 번도 나온 적 없는 울음이 내 안에서 흘러넘쳤다.


나는 울었다.

다섯 살 어린 나를 위해 울었다.

오랜 시간 다섯 살로 살며 시련을 겪은 나를 위해 울었다.

이유도 없이 군인들 총에 맞아 죽은 영혼들을 위해 울었다.

이 방에서 일제 경찰에 고문당하며 죽어간 분들을 위해 울었다.

울음은 끝도 없이 이어졌다.

세포 하나하나에 각인된 고통이 울음이 되어 흘러나왔다.

신경 말단 곳곳에 새겨진 설움이 눈물이 되어 쏟아졌다.


마비되었던 감각이 천천히 돌아왔다.

"단우가 힘들어해."

은별이 속삭였다.

"너 자신 말고는 아무도 너를 어쩌지 못해."

울음을 그쳤다.

은별이 얼굴이 보였다.

은별이가 다정하게 웃었다.

내 입가에도 살며시 웃음이 걸렸다.

"「누」, 이제 더는 너를 허락하지 않을 거야."


붉은빛이 안개 아래로 서서히 가라앉더니 숲으로 물러났다.

안개는 점점 작은 꽃잎으로 피어나더니, 은은한 별빛이 되어 밤하늘로 날갯짓했다.

학살당한 영혼들이 별나라로 돌아가고 있었다.


은별이와 민지 언니 부축을 받으며 건물을 나오니, 땀에 흠뻑 젖은 단우와 단아가 걸어왔다. 안개는 여전했지만 사악한 기운은 사라지고 없었다. 단우가 다정하게 다가오더니 내게 수호환을 건넸다. 「누」가 꿈틀거렸다. 내 의지로 내리눌렀다.

"나는 나야. 너는 내 안에 속해. 내가 허락하지 않으면 너는 아무것도 아니야."

나는 단호하게 「누」를 눌렀다.

나는 오른손을 내밀었다. 단우가 내 손목에 수호환을 채웠다. 단우가 내 손을 꼭 잡았다. 나도 단우 손을 꼭 잡았다.

맞잡은 손 위로 하얀 꽃잎이 살포시 내려앉았다.

# 위험한 선택

"그때 왜 그냥 뒀어? 위험한 힘이라서 말했는데."

"「누」는 내쫓을 수 있을 뿐 제거하지 못해. 사라지지 않아. 모르는 사람에게 가는 것보다는 아는 사람에게 있는 게 더 낫거든."

"위험했어."

"위험하긴 했지만 유리가 「누」를 제대로 붙잡았잖아."

"「누」는 예언 능력에, 말하는 대로 이루고, 죽은 영혼을 불러내는 힘까지 지녔어. 영혼을 되살리는 힘이 조금만 더 강했더라면 단우와 단아도 어쩌지 못했을 거야. 더구나 그 힘은 언제든 수호환을 뚫고 폭발할 가능성이 있어. 유리가 통제에 실패하면 어제보다 더 위험한 상황이 벌어질지도 몰라."

"모든 힘에는 위험이 따라."

통통한 노란 고양이가 상 위로 훌쩍 뛰어올랐다.

은별이가 고양이를 쓰다듬었다. 황련이 노란 고양이와 눈웃음을 주고받았다.

"네가 말한 계획, 정말 확신해?"

은별이가 물었다.

"다른 길은 없어."

"난 모르겠어. 네가 원해서 그대로 하기는 했는데, 과연 맞는지……."

황련이 몸을 일으켰다.

노란 고양이가 다시 훌쩍 뛰어서 황련에게 안겼다.

"다른 길이 없으면 이 길로 가야지. 멈출 수는 없잖아."

황련이 고양이를 품에 안은 채 목덜미를 부드럽게 쓰다듬었다.

화려한 꽃구름이 정원 위로 드넓게 흩날렸다.

※ 달빛소녀 이야기는 4권으로 이어집니다.